北望园文论丛书·文学专论系列

九头鸟与猫头鹰

——鲁迅与莫言的家族性相似

王学谦◎著

时代文艺出版社

图书在版编目（CIP）数据

九头鸟与猫头鹰：莫言与鲁迅的家族性相似 / 王学谦著.
—长春：时代文艺出版社，2017.9（2021.5重印）

ISBN 978-7-5387-5477-3

Ⅰ. ①九… Ⅱ. ①王… Ⅲ. ①莫言－文学研究②鲁迅著作－文学研究
Ⅳ. ①I206.7②I210.97

中国版本图书馆CIP数据核字（2017）第142035号

出 品 人　陈　琛

责任编辑　陈　阳

助理编辑　孙英起

装帧设计　陈　阳

排版制作　毛倩雯

九头鸟与猫头鹰
——莫言与鲁迅的家族性相似

王学谦　著

出版发行 / 时代文艺出版社
地址 / 长春市福祉大路5788号　龙腾国际大厦A座15层　邮编 / 130118
总编办 / 0431-81629751　发行部 / 0431-81629755
官方微博 / weibo.com / tlapress　天猫旗舰店 / sdwycbsgf.tmall.com
印刷 / 保定市铭泰达印刷有限公司
开本 / 880mm×1230mm　1 / 32　字数 / 130千字　印张 / 7.25
版次 / 2017年9月第1版　印次 / 2021年5月第2次印刷　定价 / 35.00元

图书如有印装错误　请寄回印厂调换

序说"北望园"

张未民

北望园是一座房子，红瓦洋房。

不较真的话，也可以扩大点儿说北望园是一个以红瓦洋房为主体的院落，院落里还包括紧挨着的一处茅草房屋。为什么北望园要包括这处格调不一样的茅草屋？因为在小说家骆宾基的笔下，这座茅草屋和红瓦洋房的居民共同构成了一个生活氛围。这个氛围、这个生活有一个揪心的背景音从茅草屋传出，感染了整个院落，就叫作"北望"。

表面上，茅草屋和红瓦洋房共同的生活格调是庸常的，一地鸡毛，这种"表面"的生活也是小说家主打的生活景象。但是因为租住茅屋的有一位流落此地的北方来的美术教员，是位绘画艺术家，每当闲时或入夜，北方家园的乡愁便随风摇曳潜入院落，似水银泻了一地。因此，实际上倒是茅草屋更体现了红瓦洋房的名称主旨，那似乎潦倒流浪的茅屋生涯僭越了主体红瓦洋房，成为北望园动人而敏感的心悸。

说到这里，应赶紧交代，我们的"北望园"是著名的"东北作家群"成员之一骆宾基先生在其小说名篇《北望园的春天》中设计并建造的。它在大西南"甲天下"的名城桂林，坐落在丽君路上。

如果今天让"北望园"走出虚构，我相信，它是可以作为一个有着20世纪40年代西南风情和作为战时反讽存在的那个时代生活标本意义的旅游景点的。一边是大后方的庸常苦涩的生活，一边是遥远眷恋还乡的北望，东北作家的天才构思再一次显灵，他们总能于日常生计状态中提供悖论，拨动家国的神经，让慵懒的市民及其日子划过一道超越的、自由的、还乡的、情感的渴望之流光。这是一篇提供了生活反讽、进而提供了时代反讽的小说。北望园之名，乃是想象力反讽的标签与象征。想一想吧，居于南而有"北望"，平常心灌注进遥远的想、异常的想，东北作家所创造的空间美学不打动人才怪。于是北望，于是就有了那个时代之痛，那个时代的北方，尤其是东北，不仅有"雪落在北中国的土地上"，还有日本侵略者的铁蹄，一个字：殇。

北望，涉及一种叫作中国视野、中国时空的思维。地分南北，又共组时空。这种中国时空的完整性不可破碎，却总于现实中破碎，这破碎于是衍化为一个绵长的诗学传统"北望"，构成了对破碎的抵抗和诗性正义。"死去元知万事空，但悲不见九州同。王师北定中原日，家祭无忘告乃翁。"这是陆游的北望。在这样的北望中，天边的北方早已"铁马冰河入梦来"了。更知名的北望发生在唐安史之乱时期，杜甫写下了"国破山河在，城春草木深。感时花溅泪，恨别鸟惊心"的诗句。杜甫将其题为"春望"，但实质就是在蜀都草堂向北方关中帝都的北望。杜甫还说："老病南征日，君恩北望心"，"南京久客耕南亩，北望伤神坐北窗"。同是唐代的元稹的"我是北人长北望，每嗟南雁更南飞"，与杜甫诗句展开的思念空间具体内容可能不同，但都是中国时空的情调咏叹。然后，"中秋谁与共孤光，把盏凄然北望"（苏轼）、"北望可堪回白首，南游聊得看丹枫。"（陈与义），这样典型的中国姿态又感染到了宋代人的凄恻情怀，而陆游笔下的"北望"，则是中国文学史上最为突出和成功的，构成了一种抒情形象的"北望"。当然，除了北望，还有西望、东望、南望；如"西北望，射天狼"，东北望，"拔剑击大荒"，等等，不一而足。

中国文化重"望"。来到现代，骆宾基在这篇毫不逊色于现代中国任何优秀小说的作品中说，我怀念北望园的春天。这怀念什么样？怀念是一种望，是一种爱，爱在南方，有南方才有北望，要多惆怅就有多惆怅。

是该纪念纪念北望园了。

近八十年后，我们提议以北望园的名义再建一座大房，或一个院落。在当年被骆宾基北望的故乡，吉林省作家协会要编辑出版"吉林文论系列丛书"，蓦地想起，就叫它"北望园文论系列丛书"吧。既为"系列"，一望而三，有三个系列：文学评论家理论家个人文集系列、文学专论系列、文学活动文集系列。合起来，这是个中国地方性的文学社区，是中国文学的北方院落之一，我们就在这里望文学，或让文学望望我们。

望字之奇妙，于此构成了多重关系。首先，我们愿意将文学评论（理论）视为一种"望"，中医方法与技术，说望闻问切，望为中医四诊之首，望既可以当作一种文学评论的诊断方法、途径的指代，也可以当作望闻问切四种诊断方法的代表，一望便知，一望解渴，一望解千愁，真的可以满足借喻、指代文学评论的功能。其次，望总有方向，总有立足方位，望与家园相伴，所谓北望园，三字经，包含瞭望的视觉表述、北的方向方位的表述、立足的家园土地的表述，可谓要素组合齐备。尤其"北望"，与我们这个所谓文学评论社区又在方向方位上切己相关，真是一个好辞。当然，当年骆宾基受条件限制，其北望是由南向北望，而我们这里的文学评论之望，则可以有更多的交互与方位切换，包括由南向北所望，也可以立于我们的中国北方、中国东北而向南望去，向东向西望去，还可以北方文学北方作家之间的欣赏或自望，毕竟，北方、东北何其巨大辽阔，可容纳无尽的多向交叉叠压的北望的目光。北望，就是来自北方的望。再次，就是要借以向中国文学中的北望主题和北望表现传统致敬，向东北作家群的先贤们致敬，为了忘却的纪念（我们是否有过忘却？）和为了不忘却而纪念，庶几可大其心而尽其性。在这种望的判断力价值、方向价值与家园意识之外，望其实还提供给我们一种高尚的望，即仰望。抬头望见北斗星，心中有了想念。文学，哪怕是文学评论，都应是想念着什么的、想念了什么的。

骆宾基是吉林珲春人，除了是著名的作家外，还是一位有着跨界研究成就的金文学家。他和另几位东北作家群代表性作家萧军、端木蕻良、舒群等，1949年后都未能回到东北老家，大都落脚于北京市的作家协会，所以离世前大约一直还保持着漫长的"北望"的姿态吧。那里有他们新的"北望园"否？坐落在北京市前门大街和平门红楼宿舍等处，他们在那里依然在说"我怀念北望园的春天"否？都不可能知道了。都不可能知道了我才敢说，我知道，他们一直在"北望"。

本丛书前年已出版了两种，朋友们建议，让我写几句话权当为序，显得郑重些，于是就写了以上话。

目　录

下　篇

上　篇

九头鸟与猫头鹰

——莫言与鲁迅的家族性相似

近年来，学术界注意到莫言与鲁迅之间的精神联系，甚至有人将鲁迅、莫言看成是一个文学谱系的，但是，当人们分析这种精神联系的时候，要么停留在莫言的言论、叙事表层，要么拘泥于一些小的细节和局部，缺乏对两者叙事风格的深刻理解。叙事风格不是技术性的小东西，而是人生观和世界观的呈现。这种基于人生观、世界观的叙事风格才是把两者联系起来的重要区域，只有在这里才能看出他们之间最深切的共鸣和交会。

如果我们把文学区分为理性与生命这两种叙事类型的话，鲁迅与莫言大体上都可以被纳入生命叙事这种类型之中。借用维特根斯坦"家族性相似"的概念来说，他们都属于生命文学的大家族成员，都属于那种刚性生命叙事的一脉。在"五四"以来的新文学中，周作人是柔性生命叙事大家族的先驱，废名、沈从文、史铁生、汪曾祺、阿城、迟子建等大致都属于这一家族成员。和柔性生命叙事大家族相比，鲁迅所开创的刚性生命叙事家族也许并不算发达，但也并非毫无声色，莫言、张承志等应该是其中的佼佼者。正如每一个大家族成员不可能完全相同一样，他们各有自己的风格，却又血脉相连，具有刚性生命叙事大家族的家族性相似。他们都是激烈的主观主义者和个人主义者，都强调自我内心体验，蕴含着火焰般的激情、力量，散发着浓厚的存在主义气息。他们的文学谱系是激进浪漫主义—现代主义—后现代主义。和鲁迅构成或远或近的亲缘关系的是尼采、叔本华、施蒂纳、克尔凯郭尔，也包括日本的厨川白村，是拜伦、雪莱、普希金等被称为魔鬼的最激进的浪漫主义诗人，还有中国的老庄、阮籍、嵇康等。尽管道家文化在其漫长的流变中不断被弱化以至于固化为静谧、安逸的田园心态，却仍然会露出犀利的目光和凶狠的牙齿。在"五四"新文化运动之后，鲁迅在道家文化精神中注入了刚性的河水。对莫言构成巨大影响的是 20 世纪 80 年代中期的先锋文学及其文化氛围。他在先锋文学的浪潮中站到了文坛的高处，成为引人注目的青年作家。当年的"拉美文学大爆炸"和马尔克斯的《百年孤独》对于莫言等一批中国小说家极具魅惑力。拉美的魔幻现实主义是西方现代主义文学的拉美化，它的西方根源是浪漫主义、现代主义的诸多潮流。这样看来，莫言与鲁迅算得上是同饮一条河，共用一江水，他们的文学精神也相互回应、共鸣。

一

　　鲁迅和莫言都喜欢用那些狂野的异端的甚至是邪恶的意象或令人震惊的修辞，来暗示自己的文学身份或文化身份。这是他们那种激烈的个人主义的思想的显现。在他们的价值天平上，把自己混同于他人，让自己消失在人群中是最不堪忍受的庸俗和耻辱。有价值的个人，是不断选择、创造自己的人，而不是生活在预先规划、布置好的世界之中。他们必须从这个清晰、透明的世界出走。他们相信如果不戴上凶狠的面具，就不能把自己从人群中分离出来，就不能让自己从严严实实的日常经验世界的枷锁中挣脱出来，就不能把自己从深厚而黏稠的传统中解放出来。他们都不是文学大军里的一员，满足于集群的潮流性的行动，而是游击队员，喜欢从浩浩荡荡的队伍中逃离出来，独往独来，单兵鏖战，开拓新的属于自己的战场。他们胸前徽号的图形和色彩非常相似乃至相同。

　　鲁迅说，"非有天马行空似的大精神即无大艺术的产生。"① 假如用天马比喻鲁迅的话，鲁迅应该是那种黑色天马，

————————

　　① 鲁迅：《译文序跋集·〈苦闷的象征〉引言》，《鲁迅全集》10卷，人民文学出版社，1981年，第232页。

鬃毛迎风飞舞，在黑夜的"野草"、莽原上奔驰。鲁迅酷爱猫头鹰，喜欢以这种"不祥之鸟"暗示自己的文学身份。他宁可以猫头鹰的姿势在夜空里孤独地遨游，在森林里穿梭、怪叫，也不做笼中的画眉鸟。鲁迅把猫头鹰画成"爱情比翼鸟"，一个猫头鹰，里面是一对相视的恋人。① 他给自己第一部杂文集《坟》设计的封面就有一只猫头鹰，蹲在"坟"的上方，睁一只眼闭一只眼，藐视人间。鲁迅甚至还有猫头鹰的外号，"他在大庭广众中，有时会凝然冷坐，不言不笑，衣冠又一向不甚修饰，毛发蓬蓬然，有人给他起了个绰号，叫猫头鹰。"② 鲁迅呼唤猫头鹰的文学，"只要一叫而人们大抵震悚的怪鸱的真的恶声在那里！？"③ 和这个猫头鹰同样引起恐怖感的是神话中的刑天。鲁迅不太喜欢悠然恬淡的陶渊明，却喜欢那个吟诵"刑天舞干戚，猛志固常在"的有些狞厉的陶渊明，喜欢那个迷狂而大胆地写下《闲情赋》的开怀放肆的陶渊明。鲁迅讨厌被驯化的家畜，喜欢野性的动物，"野牛变成了家牛，野猪变成了家猪，狼成为狗，野性

---

① 上海鲁迅纪念馆、中国美术家协会上海分会：《鲁迅与书籍装帧》，上海人民美术出版社，1981年，第88页。

② 沈尹默：《鲁迅生活中的一节》，《鲁迅回忆录》（散篇 上册），北京出版社，1999年，第248页。

③ 鲁迅：《集外集·音乐？！》，《鲁迅全集》7卷，人民文学出版社，第54页。

是消失了，但只是使牧人喜欢，于本身并无好处。"① 在《孤独者》中，魏连殳悲愤交加，发出了狼一般的号叫。瞿秋白说鲁迅是一头狼。鲁迅登上文坛的第一声"呐喊"是狂人的凄厉咆哮。他喜欢把自己的激情和思考变成傻子、疯子（《长明灯》）的荒唐梦呓，把一团和气的庸常人生撕成碎片。在《聪明人和傻子和奴才》中，那个傻子才敢于砸破墙壁开一扇窗户。他酷爱杂文，即使被看成是浪费自己的才华，也在所不惜。他喜怒笑骂皆成文章，怒气冲天，顶盔戴甲，横眉冷对千夫指，却又诙谐、幽默，像个英勇的"战士"，也像胆大妄为的顽童。"也有人劝我不要做这样的短评。那好意我是很感激的，而且也并非不知道创作之可贵。然而要做这样的东西的时候，恐怕也还要做这样的东西，我以为艺术之宫里有这么麻烦的禁令，倒不如不进去；还是站在沙漠上，看看飞沙走石，乐则大笑，悲则大叫，愤则大骂，即使被沙砾打得遍体粗糙，头破血流，而时时抚摩自己的凝血，觉得若有花纹，也未必不及跟着中国的文士们去陪莎士比亚吃黄油面包之有趣。"② 他心目中的知识分子的理想是勇敢追求"真实"的精神，这种真实不是"正人君子"的"公理"，而是个人的体验、见识。"要是发表意见，就要想到什么说什

① 鲁迅《而已集·略论中国人的脸》，《鲁迅全集》3卷，人民文学出版社，1981年，414页。

② 鲁迅：《华盖集·题记》，《鲁迅全集》3卷，人民文学出版社，1981年，第4页。

么。真的知识阶级是不顾利害的，如想到种种利害就是假的，冒充的知识阶级。"①他讨厌那种和事佬式的性格，强调知识分子应该爱憎分明，不仅有表达爱的勇气，更应该有表达憎的力量。这里有一种知识分子的自觉承担，同时，也是一种巨大的诱惑，他们仿佛为那种无限的东西所吸引，不得不向这种无边的海域奔去。直到生命的最后时刻，他依然拒绝回到岸边，依然强硬地扭过头去：一个都不宽恕。

莫言最初的那几篇创作，沐浴在"文革"之后文学解放的日神光辉之下，是20世纪80年代初期文学大合唱中小到听不见的声音。进入解放军艺术学院以后，伴随着文学动向的变化、调整，尤其是先锋文学、寻根文学浪潮的涌动，他忽然顿悟，终于找到了自己。从1985年到1986年，他连续抛出《白狗秋千架》《枯河》《透明的红萝卜》《红高粱家族》等作品，猛然转身挣脱日神的光辉扑向酒神的暗夜，在酒神的大地和天空东奔西突，狂歌曼舞，尽情翱翔。

在刚到军艺的时候，莫言雄心勃勃、激昂慷慨，指点江山。在一篇题为"天马行空"的作业短文中，他把文学看成"天马行空"的"天才"的创造，而冲破日常经验的罗网的"想象力"正是天才的重要标志之一。"创作要有天马行空的狂气和雄风，无论在创作思想上，还是在风格上，都

---

① 鲁迅：《集外集拾遗补编·关于知识阶级》，《鲁迅全集》8卷，人民文学出版社，1981年，第190页。

必须有点儿邪劲儿。敲锣卖糖，咱们各干一行。你是仙音绕梁，三月绕梁不绝，那是你的福气。我是鬼哭狼号，牛鬼蛇神一齐出笼，你敢说这不是我的福气吗？"①有的时候，他也会羡慕那种人见人爱、霞光万道、祥云朵朵的天马，"有两屡袅袅上升的轻烟，有无数匹曲颈如天鹅的天马，整幅画传达出一种禅的味道：非常静谧，非常灵动，是静与动的和谐统一。是梦与现实的交融。这才是好天马呢。"②但是，上帝却只能让他变成一匹野性难驯的天马，在闪电雷鸣、狂风骤雨里咆哮、奔腾，在浩浩荡荡的高粱地里穿梭，"往上帝的金杯里撒尿"，"因为我知道我半是野兽半是人，所以我还能往前走，一切满口仁义道德的好作家们，其实都是不可救药的王八蛋。他们的'文学'也只能是那种东西。"③更有意思的是，莫言也曾以猫头鹰自许，他在给自己散文集作序的时候，说自己的散文是猫头鹰的叫声：一只鸟蹲在树上叫，是为了寻求知音，"一个写了文章发表的人，其实也是一只蹲在树上鸣叫的鸟。猫头鹰叫声凄凉，爱听的不多，但肯定还是有爱听的。画眉鸟声婉转优美，爱听的很多，但肯定还是有不愿听的。我的这本集子，基本上可以认定为是猫头鹰

---

① 莫言：《旧"创作谈"批判与"新创作"谈》，《怀抱鲜花的女人》，中国社会科学出版社，1993年，第339页。

② 莫言：《旧"创作谈"批判与"新创作"谈》，《怀抱鲜花的女人》，中国社会科学出版社，1993年，第339页。

③ 莫言：《旧"创作谈"批判与"新创作"谈》，《怀抱鲜花的女人》，中国社会科学出版社，1993年，第344页。

的叫声，喜欢我的就买，不喜欢我的，白送给你你也不会
要。"① 有一次，莫言又变成了一只更凶悍的九头鸟，"我以为
各种文体均如铁笼，笼着一群群称为'作家'或者'诗人'
的呆鸟。大家都在笼子里飞，比着看谁飞得花哨，偶有不慎
冲撞了笼子的，还要遭到笑骂呢。有一天，一只九头鸟用力
撞了一下笼子，把笼内的空间扩大了，大家就在扩大了的笼
子里飞。又有一天，一群九头鸟把笼子冲破了，但它们依然
无法飞入蓝天，不过飞进了一个更大的笼子而已。"② 撞击铁
笼的冒险和狂喜，一直是莫言心灵的巨大涡流。他迷恋那种
来自生命深处的暴烈、彪悍的激情，有那种"狼"性，就是
面对孩子和他们的父母，他也大胆地宣称，孩子应该"像狼
一样的反叛"，"我崇拜反叛父母的孩子"，"我几乎绝对地怀
疑父母的教育能使人变好或者变坏，《三字经》所谓'窦燕
山，有义方，教五子，名俱扬。'其实含有不少胡说八道的
成分。我崇拜反叛父母的孩子。我认为敢于最早地举起反叛
义旗的孩子必定是乱世或者治世英雄的雏鸟。一般来说，伟
大人物的性格里一定有反叛的因素，在成为英雄之前，首先
要成为叛逆。"③ 前几年，莫言说自己更想成为歌德而不是贝
多芬，这里有年龄的原因，也有他的中国式的智慧，在人前

① 莫言：《写给父亲的信·猫头鹰的叫声——〈莫言散文〉自序》，春风文艺出版社，2003年，第129页。
② 莫言：《马蹄》，《会唱歌的墙》，作家出版社，2005年，第133页。
③ 莫言：《像狼一样的反叛》，《家教博览》，2001年8期。

他更喜欢低调、柔和，否则就要吃尽苦头。可是，他的创作表明，他迄今为止还是贝多芬，正如他成不了那种像天鹅般的天马，他很难变成古典主义的晚年歌德。[①]"天才"是很难被驯服的。尽管《蛙》内敛了很多，但是，那种强硬、尖利的锋芒还在。他敢于对计划生育这种敏感题材进行个人化的艺术处理。莫言装疯卖傻，以傻子的智慧与世界对话，就如同鲁迅喜欢狂人、疯子一样。在一篇题为"读鲁迅杂感"的随笔中，他说，"其实，即使是在'文革'那种万民噤口、万人谨行的时期，无论在民间还是在庙堂，还是有人可以口无遮拦、行无拘谨，这些人是傻子、光棍或者是装疯卖傻扮光棍。譬如'文革'初期，人们见面打招呼时不是像过去那样问答，'吃了吗？—— 吃了'，而是将一些口号断成两截，问者喊上半截，答者喊下半截。譬如问者喊：'毛主席——'，答者就要喊：'万岁！'一个革命的女红卫兵遇到我们村的傻子，大声喊叫：'毛主席——'，傻子恼怒地回答：'操你妈！'女红卫兵揪住傻子不放，村子里的革委会主任说：'他是个傻子！'于是就像什么也没发生一样。"[②]

---

① 莫言：《优秀的文学没有国界——在法兰克福"感知中国"论坛上的演讲》，《上海文学》，2010年3期。

② 莫言：《读鲁迅杂感》，《会唱歌的墙》，作家出版社，2005年，第124页。

二

　　作为激烈的个人主义者，他们都沉迷于自我的心灵之中，他们的心灵都既强硬、勇敢，又犀利、敏感，充满躁动、不安，像威力巨大的暗流、漩涡，不断掀起狂涛巨澜，汹涌着狂暴不羁、疾风暴雨般的激情、意志和力量。这种力量同时也是怀疑主义洪流，他们自信而强大，相信自己的心灵力量远远胜于相信外部世界，对于理性世界，他们永远投去轻蔑、怀疑的目光，就像尼采不断抨击苏格拉底一样，他们总是以否定、嘲讽理性世界的愚蠢为乐事。在他们看来，那些稳定、流行、传统、主流的长期不变的大大小小的规范、原则，都是形迹可疑的，往好处说，充其量也仅仅是一座温室，一个临时搭建起来的驿站，无论你怎样巧夺天工，也不过是人工的小技巧，是一个小世界；往坏处说，在大多数情况下，它们仅仅是束缚人的枷锁或虚妄的欺骗，是应该质疑、颠覆、摧毁的。他们的激情和力量就是对这种存在物的对抗、攻击。生命之树常绿，枝繁叶茂，令人目不暇接，概念永远是苍白而空空荡荡的。他们的生命世界是无限的多样的，是纷飞的碎片，燃烧着各种可能性，和无止息的冲突，是个体生命腾飞的天空，也是无可克服的悲剧性存在。如果不将那些条条框框爆破，就无法行动，就不能上路，不断突破、超越或永远奔走在路上的强劲冲动在激励、鼓舞着他们，就如同鲁迅的"过客"一样，仿佛为一种神秘的声音所召唤、诱惑。没有必须停靠的海岸线和陆地，这与其说是朝向某个目的地的航行，毋宁说是无止境的自由漂泊。

因此，有两个区域是他们叙事的重点对象：一个是强悍而孤独的个人主义英雄，其性格往往带有恶魔性的因素；一个是"吃人"的混沌无边的世界。这两个区域有时在一篇作品中同时出现，构成一个生命世界的全景图像，有时则仅仅出现一个区域。在更深层的意义上，这是他们对世界、人性和人生的理解，因此，两者粘连，相互衬托，相得益彰。

《狂人日记》呈现了鲁迅生命叙事的基本结构，也是鲁迅叙事的强劲动力。鲁迅的创作，就其主导性因素而言，都是《狂人日记》这一基本结构的不断重写或改写，并由此形成了鲁迅叙事的独特意味。《狂人日记》绘制了一幅生命世界的全集图像，包含着上述的两个重点叙事对象：一方面是强悍的狂者，强悍的个人英雄的隐喻，一方面是无法克服的生命悲剧，是无边的生命世界的隐喻。强悍的个人英雄狂人掀翻"仁义道德""吃人"的盛宴，同时，也打开了潘多拉的匣子。《狂人日记》的灵感来自于鲁迅的历史阅读，"……偶阅《通鉴》，乃悟中国人尚是食人民族，因此成篇。此种发现，关系亦甚大，而知者尚寥寥也。"[1]鲁迅的理性目的显

---

① 鲁迅：《致许寿裳》，《鲁迅全集》11卷，人民文学出版社，1981年，第353页。

然带有"五四"时代普遍的启蒙自觉，即对传统文化的反思和批判："意在暴露家族制度和礼教的弊害"①。然而，家族制度及其礼教"吃人"，这种所指显然并不牢靠，它仍然是一个能指。家族制度及其礼教与吃人之间的必然性因果关系，根本无法遮蔽生命存在的悲剧性。如果说专制理性是"吃人"的，那么，清除家族制度及其礼教，"吃人"的悲剧就会消失，和谐的永恒理性就会照亮人间？其实不然，"救救孩子"的犹豫而绝望的呼声似乎已经做出了否定性的回答。既然没有永恒理性的和谐，所有的人都是吃人者也是被吃者，"吃人"无法从人间彻底清除，那么，人的存在本身就是悲剧。因此，"吃人"在鲁迅那里，除了启蒙意义上的所指之外，还缠绕、纠结着另一种令人尴尬、绝望的所指，世界是不可言说的，人是难以规定的动物，人的存在包含着无可避免的悲剧，不同的个体生命之间和个体生命与社会之间的相互冲突、对抗，世界充满着苦难和不幸，并不存在着一个"人的解放"的光明未来。由此，鲁迅让自己的叙事航船驶向了摇曳不定的生命世界，在这个世界之中，人和事或许和启蒙有所关联，但又绝对不是启蒙所能够解释的。鲁迅的这种基本结构——强悍的个人英雄与混乱无序的世界的对抗，在鲁迅的诸多篇章中都有所呈现。鲁迅的觉醒者叙述，呈现的是觉

① 鲁迅：《〈中国新文学大系〉小说二集序》，鲁迅全集6卷，人民文学出版社，1981年，第239页。

醒者与社会大众的对立，这种模式可以看作《狂人日记》从内心向现实题材的扩散。英雄在合理化之后，被纳入社会总体性之后，也被弱化，丧失了英雄的心灵强度，变成了现实的有血有肉的文化精英。社会总体性变得异常强大，众人的内心、意志如同无边无际的大海，把精英全部淹没。这里涉及的不仅是理性的观念的问题，同时，也涉及人的恶性、人的孤独本性等复杂因素。在鲁迅的杂文中，隐藏着一个具有激情、狂放的英雄气概的书写者的形象，面对混乱芜杂的世态人心。在《野草》中这种结构获得了更充分的显现。一方面是混乱的世界，另一方面却是"过客"式的英雄。

　　鲁迅曾经说自己写小说的目的是"揭出病苦，引起疗救的注意"，然而，当你进入他的小说世界的时候，你立刻就会发现，这些作品指给人们看的疾病，大都是无法治愈的，是人生永远的伤口，是生命世界的本然性存在。他说，中国社会历来只是两个时代的循环：想做奴隶而不得的时代和暂时做稳了奴隶的时代，要创造第三样的时代：人的时代。可是，人的时代在哪里？他自己并没有信心，他倒是更坚定地相信：没有黄金世界或大同世界，"将来"也不过是人们自欺欺人的方法而已。"倘使世上真有什么'止于至善'，这人间世便同时变了凝固的东西了。"[①] 在鲁迅那里，日神的光

　　① 鲁迅：《而已集·黄花节的杂感》，《鲁迅全集》3卷，人民文学出版社，1981年，第410页。

辉往往是星星点点的，像灰烬里的火星，忽明忽暗，总是给
人以即将熄灭的微弱之感。"'将来'这回事，虽然不能知道
情形怎样，但有是一定会有的，就是一定会到来的，所虑者
到了那时，就成了那时的现在。然而人们不必这样悲观，只
要那时的现在比现在的现在好一点儿，就很好了，这就是
进步。"① 你看，他总是把调子压得非常低，只要那时比现在
"好一点儿，就很好了"。面对这种苦难，鲁迅经常流露出叔
本华式的忧郁、焦虑和同情心，他试图以启蒙的亮色来清除
这种晦暗的体验，但是，更具有鲁迅风度的却是那种尼采式
的强悍：直面惨淡的人生，正视淋漓的鲜血。狂人的梦呓就
是"反抗绝望"的高声呐喊，这种"反抗绝望"并非要重建
历史秩序和回到"人的解放"的宏大叙事，而是酒神精神
的，它仅仅是为了个体生命的强悍，为了那诱人的反叛。

　　莫言的《红高粱家族》则体现出莫言叙事的基本结构，
此前和后来的其他作品，都可以看作这一基本结构的聚集、
改写、扩展或重写。尽管《红高粱家族》和《狂人日记》在
文体和外貌上差别很大，但是，其精神实质非常相似，只是
它的调子和色彩比《狂人日记》更明亮一点儿，是红色的
底子，夹杂着黑色、灰色、紫色。而《狂人日记》则是深紫
色，夹杂着星星点点的红、灰、蓝色。就像《狂人日记》的

---

　　① 鲁迅：《两地书·四》，《鲁迅全集》11卷，人民文学出版社，1981
年，第20页。

叙事存在一个狂者的激情呼喊和人的苦难、悲惨的生命悲剧的二元对立一样，《红高粱家族》也是这种二元对立结构：一方面是残酷的战争，死亡、苦难、残杀、荒凉，尸横遍野，野狗啃食人的尸体，一方面则是强悍的酒神式的草莽英雄。它首先颠覆了我们通常的历史理性——那些不证自明的历史记忆和历史认识，把历史推向一片迷茫混沌的地带，让生命世界裸露出它的胸膛。它是一种退化论历史观，祖孙三代，是一代不如一代的"种的退化"，和卢梭"高尚的野蛮人"、尼采的浪漫主义历史观如出一辙，从而消解了"人的解放"的宏大叙事。余占鳌的队伍、冷支队和胶高大队这三种力量有合作，但更有刀枪相见的拼杀。他们各自按照自己的欲望、意志和利益行动，没有哪一个更能代表所谓历史的方向。偶然性变得格外重要，不是偶然之中存在着必然，偶然就是偶然，这暗示了历史的混乱无序。高粱酒之所以成为远近闻名的优质酒，不是因为技术的先进、高超，也不是由于获得了某种秘密配方，而是爷爷往酒篓里撒了一泡尿。任副官是英雄豪杰，却死于擦枪走火。在《战友重逢》中，钱英豪及其战友并不缺少英雄素质，却死得无声无息。英雄需要机缘。战斗场面极为血腥、残酷。硝烟弥漫、脑浆迸裂、肠子在地上流淌，肢体横飞、尸体的腐臭被极力渲染。为了减轻队员的痛苦，余占鳌开枪打死身负重伤的队员。敌我双方即使举手投降，也可能被对方劈死或刺死。家狗变成了成群的野狗到处游荡，吃人的尸体，引发人与狗的大战。人吃狗补充营养，扒猎狗皮替代防寒的冬装。人的尸体——国民党人、共产党人、日本人、农民与狗的尸体一同被埋葬在"千人坟"。"我发现人的头骨与狗的头骨几乎没有区别，坟坑里只有一片短浅的模糊白光。像暗语一样，向我传达着某种惊心动魄的信息。光荣的人的历史里掺杂了那么多狗的传说和狗的记忆、狗的历史和人的历史交织在一起。"[1] 人的历史记忆是难以理喻的存在。然而，这种血腥、残酷的战争和充满纷争、冲突的世界，同时，也是英雄的用武之地。余占鳌、戴凤莲们没有主流社会通常的谨慎、聪明，没有传统的和世俗社会的道德禁锢。他们自由自在，放荡不羁，敢做敢当，敢爱敢恨，快意恩仇，生命的激情和冲动，就如同险峻的高山、奔腾咆哮的激流。"高密东北乡无疑是地球上最美丽、最超脱最世俗、最圣洁最龌龊、最英雄好汉最王八蛋、最能喝酒最能爱的地方。生存在这块土地上的我的父老乡亲们，喜食高粱，每年都大量种植。……他们杀人越货，精忠报国，他们演出过一幕幕英勇悲壮的舞剧，使我们这些活着的不肖子孙相形见绌，在进步的同时，我真切感到种的退化。"[2] 中国传统的江湖气的英雄好汉被打造成带有浓厚的浪漫主义、尼采式的"超人"气质的英雄，就像拜伦笔下的海盗一样。

---

[1] 莫言：《红高粱家族》，解放军文艺出版社，1987年，第240页。
[2] 莫言：《红高粱家族》，解放军文艺出版社，1987年，第240页。

三

莫言与鲁迅都有很强烈的英雄"情结"。在他们的生命叙事中，英雄是重要的一部分，如果没有英雄甚至英雄崇拜，刚性生命叙事几乎难以成立。他们拆除了历史理性的藩篱，融化了时间，让历史朝向无限的空间，把历史变成了生命的舞台。这舞台没有确定的边限，没有现成的光明大道，没有可以依靠的栏杆或扶手，也没有方向标，个人也无法预知自己要走向哪里，但是，人只能依靠自己的勇气和力量进行选择，在没有路的地方，开拓出路来，所以个人英雄成为他们叙事的重要对象。他们笔下那些的个人英雄无论外形具有怎样的差异，必不可少的品质却是坚定的个人主义和主观主义，他们的行为是一种个人抉择，以自己的心灵作为最高原则，坚毅果敢，我行我素，特立独行，越是遭遇压抑、阻挡的时候，他们的意志也就变得更加强大和坚定。他们未必在乎结局怎样，而是把选择本身看得最为重要。在许多时候，他们带有恶魔气质，是邪恶的英雄，超越主流和世俗道德的善与恶。

鲁迅式的英雄首先是狂人家族：这里有掀翻吃人宴席的"狂人"（《狂人日记》）、有要放火烧毁愚妄的吉光屯的疯子（《长明灯》）、有玄览世间的胡言乱语的陶老头（《自言自语》），陶老头是狂人的置换变型，他的胡言乱语的故事，如同"狂人日记"，揭破生命世界的残酷、荒凉，同时，也赞颂一个少年英雄（《自言自语》）。他肩住了行将被沙漠淹没的古城的闸门，让孩子们离开古城，自己和古城一同被沙涛掩埋。《补天》中的女娲，她开天辟地，创造了人类，这种力量来自于她的生命冲动，却遭到了侏儒卫道者的唾骂。在《野草》中的抒情主人公形象是鲁迅式的英雄化身，他的英雄气概在《野草》的一些篇章中以大同小异的姿态表现出来。"过客"（《过客》）尽管衣衫褴褛，困顿焦虑，但依然顽强坚守自己，不断前行，无论前边是什么，都阻挡不了他的脚步，他要朝向无限广阔的世界。为了义无反顾地行走，他断然拒绝少女的帮助。影子（《影的告别》）独自远行，宁可沉没于黑暗之中，傻子（《聪明人和傻子和奴才》）要在没有窗户的屋子上砸开一个窗户来，"这样的战士"（《这样的战士》）永远向着"无物之阵"投去他的投枪。"无物之阵"是社会理性的象征——"那些头上有各种旗帜、绣出各样好名称：慈善家，学者，文士，长者，青年，雅人，君子……。头下有各样外套，绣出各式花样：学问，道德，国粹，民意，逻辑，公义，东方文明……"[1]"叛逆的猛士"（《淡淡的血痕中》）则向造物主发起激烈的挑战，"目前的造物主，还

---

① 鲁迅：《这样的战士》，《鲁迅全集》2卷，人民文学出版社，1981年，第214页。

是一个怯弱者。他暗暗地使天变地异，却不敢毁灭一个这地球；暗暗地使生物衰亡，却不敢长存一切尸体；暗暗地使人类流血，却不敢使血色永远鲜浓；暗暗地使人类受苦，却不敢使人类永远记得。"①"叛逆的猛士出于人间；他屹立着，洞见一切已改和现有的废墟和荒坟，记得一切深广和久远的痛苦，正视一切重叠淤积的凝血，深知一切已死，方生，将生和未生。他看透了造化的把戏；他将要起来使人类苏生，或者使人类灭尽，这些造物主的良民们。"②鲁迅后期历史小说中的个人英雄大禹（《理水》）、后羿（《奔月》）、墨子（《非攻》），一定程度上削弱了个人性和魔鬼性，但是，他们仍然与社会、大众是隔膜和对立的。

《铸剑》把鲁迅的绝望推向极致，暴君的残暴和大众的普遍懦弱、愚昧使历史变成了一潭死水，同时，英雄的反抗也达到极致，只有凶狠的恶魔英雄才能激起反叛的狂波巨浪。恶魔英雄黑色人宴之敖者拒绝所谓人云亦云的普遍正义，"仗义，同情，那些东西，先前曾经干净过，现在都变成了鬼债的资本。我心里全没有你所谓的那些。我只不过要给你报仇！"③黑色人让眉间尺献出头颅，并砍下自己的

① 鲁迅：《这样的战士》，《鲁迅全集》2卷，人民文学出版社，1981年，第221页。

② 鲁迅：《淡淡的血痕中》，《鲁迅全集》2卷，人民文学出版社，1981年，第221—222页。

③ 鲁迅：《铸剑》，《鲁迅全集》2卷，人民文学出版社，1981年，第425页。

头颅，与暴君搏斗，与暴君同归于尽。莫言极为推崇鲁迅的《铸剑》，他认为，"铸剑是鲁迅最好的小说，也是中国最好的小说"①。他从这里体会到鲁迅的精神，"对一个永恒的头脑来说，个人一生中的痛苦和奋斗，成功和失败，都如过眼烟云，黑衣人是这样的英雄。鲁迅在某些时候也是这样的英雄。"②莫言认为，眉间尺也属于英雄，以一言之交就将自己的性命交给黑色人，这种气概也非凡人所有。

莫言的个人英雄在《秋水》《老枪》中开始登场，在《红高粱家族》中达到一个高峰，完成了莫言式英雄的基本造型。以爷爷余占鳌、奶奶戴凤莲为核心的草莽英雄和叛逆女性是莫言式英雄的原型，其性格基本特征是既英雄好汉又王八蛋，超越世俗善恶的底线。后来莫言创作中的英雄几乎都是这种英雄的置换变型。他们的性格都可以用奶奶戴凤莲临死前的那段内心独白加以概括："天哪！天……天赐我情人，天赐我儿子，天赐我财富，天赐我三十年红高粱般充实的生活。天，你既然给了我，就不要再收回，你宽恕了我吧，你放了我吧！天，你认为我有罪吗？你认为我跟一个麻风病人同枕交颈，生出一窝癞皮烂肉的魔鬼，使这个美丽的世界污秽不堪是对还是错？天，什么叫贞节？什么叫正道？

---

① 莫言：《〈铸剑〉读后感》，《写给父亲的信》，春风文艺出版社，2003年，第110页。

② 莫言：《〈铸剑〉读后感》，《写给父亲的信》，春风文艺出版社，2003年，第110页。

什么是善良？什么是邪恶？你一直没有告诉过我，我只有按着我自己的想法去办，我爱幸福，我爱力量，我爱美，我的身体是我的，我为自己做主，我不怕罪，不怕罚，我不怕进你的十八层地狱。我该做的都做了，该干的都干了，我什么都不怕。"①

《丰乳肥臀》和《红高粱家族》的基本结构完全一致——混乱无序的历史和英雄壮举。它们的区别仅仅在于长度与宽度。就像《红高粱家族》把抗战时期的历史颠覆成没有统一而清晰的结构一样，《丰乳肥臀》也是对历史的颠覆、重写，打破了普通人心目中历史理性的通道，只是它比《红高粱家族》颠覆的程度更剧烈，跨越的时间更长，它也同样是家族史，只是变成了以女性为中心的家族史。《红高粱家族》的奶奶戴凤莲，在《丰乳肥臀》中被放大、变形并被推到结构的中心，变成了母亲上官鲁氏。她们都是具有莫言式标志的女性形象。上官鲁氏有奶奶戴凤莲的叛逆，对乡土传统妇德的蔑视、反抗，不同的是，她更具有超越日常伦理、政治意识的母性之爱或生命之爱。上官鲁氏是母性化的英雄，她可以不顾一切利害地去爱自己的孩子。这正如鲁迅所感叹的那样："我以为母爱的伟大真可怕，差不多是盲目

---

① 莫言：《红高粱家族》，解放军文艺出版社，1987年，第83页。

的。"① 司马库、鸟儿韩这类人物则完全可以看作爷爷余占鳌这种英雄形象的延续、变形。《檀香刑》（2001）仍然是《红高粱家族》式的结构，但是意味或基调进行了调整、变化，由对英雄的激情歌颂变成了对生命力的盲目性、恶性的反思和批判，和对人的生存境遇的悲剧性的悲悯。《檀香刑》中的孙丙及其女儿孙眉娘可以看作余占鳌、戴凤莲的性格平移，只是角色发生了变化，夫妻变成了母女，但是，莫言对他们的态度发生了变化，那种英雄气概尽管依然存在，却显得盲目、荒唐和愚昧，连孙丙自己也有一种人生如戏的虚无感。在《生死疲劳》中，《红高粱家族》中的魔幻性因素扩大成为结构框架，佛教的六度轮回变成了支持叙事的主导线索，历史变成一种巨大的无法躲避的压抑性的力量，人没有任何选择的权利，人的死去活来都逃不过"悲惨"二字。但是，莫言式的英雄仍然闪现着最后的光芒。蓝脸性格仍然可以看作爷爷余占鳌气质的再现，虽然他缺少那种魔鬼性格因素，但是，其心灵的坚硬程度和余占鳌们相差无几。无论怎样宣传、动员，都无法改变他的素朴而顽强的观念。他就是不加入互助组、人民公社。他孤独而倔强地在自己的土地上劳动。这是莫言对中国农民性格的最深刻的发现，是为当代文学人物画册增添新的光彩的一个农民形象。《四十一

---

① 冯雪峰：《鲁迅先生计划而未完成的著作》，《雪峰文集》第4卷，人民文学出版社，1985年，第17页。

炮》的结尾亦真亦幻，"炮孩子"罗小通和两位老人居然拿出迫击炮来，连发"四十一炮"，这仍然是爷爷、奶奶精神的发扬。

四

鲁迅与莫言都有深沉的生命悲剧感。我们已经说过，作为生命叙事，他们都把世界看作混沌无序、无边无际的存在，这是个人英雄的用武之地，同时，也是"吃人"的世界，是苦难、残酷、痛苦、荒诞的存在。在他们看来，这种悲剧并非仅仅是外部世界造成的，而是内在于人的自身，是人的存在所无法克服的悲剧性。他们都极力向内挖掘，拷问人性深处的东西，都有一种浓厚的叔本华式的意志哲学的意味。意志是太阳，也是深渊。人是有意志、欲求的动物，也是孤独的，相互隔膜的。人在肯定自我意志的过程中，是盲目的、自私的，总会与其他人的意志矛盾、碰撞，甚至会摧残、剥夺他人的意志，这种矛盾、冲突是不可能止息的，从而导致生命的悲剧。因此，在他们的悲剧叙事中，总是格外关注人的内心风暴和动向，问人的灵魂，对人的存在投去焦虑、忧郁和悲悯的目光。他们写英雄的时候，更近似尼采，而写悲剧的时候，则较为接近叔本华，世界沉沦在意志的海洋之中。

在鲁迅看来，人生就是悲剧，一直昏昏沉沉地处在睡梦之中即处于愚昧状态，是被吃掉，梦醒了——人摆脱愚昧状态获得了自我意识也还是被吃掉。这种"吃人"的悲剧，和人自身的弱点、局限和邪恶性密切相关，是人的存在难以消除的悲剧。在鲁迅的人生经历中，少年时期家道中衰，从小康而坠入困顿，使他看清了世人的真面目。此后，他一直思考着人性、人心。留学日本期间，受进化论以及尼采、叔本华、施蒂纳、拜伦等恶魔诗人的影响，也使鲁迅体会到人性的复杂性和恶性，使他怀疑、否定中国传统的人性本善。在《摩罗诗力说》中，"中国之诗，舜云言志；而后贤立说，乃云持人性情，三百之旨，无邪所蔽。夫既言志矣，何持之云？强以无邪，即非人志。"[1]"即一切人，若去其面具，诚心以思，有纯禀世所谓善性而无恶分者，果几何人？遍观众生，必几无有。"[2]鲁迅不止一次说自己内心黑暗，也正是来自于对生命悲剧的体认。

在《药》中，夏瑜变成了"散胙"，"凡有牺牲在祭坛前沥血之后，所谓留给大家的，实在只有'散胙'这一件事了。"[3]"暴君治下的臣民，大抵比暴君更暴；暴君的暴政，时

---

① 鲁迅：《摩罗诗力说》，《鲁迅全集》1卷，人民文学出版社，1981年，第68页。

② 鲁迅：《摩罗诗力说》，《鲁迅全集》1卷，人民文学出版社，1981年，第82页。

③ 鲁迅：《即小见大》，《鲁迅全集》1卷，人民文学出版社，1981年，第407页。

常还不能餍足暴君治下的臣民的欲望。""暴君的臣民，只愿暴政暴在他人的头上，他却高兴，拿'残酷'做娱乐，拿'他人的苦'做赏玩，做慰安。""从幸免里又挑出牺牲，供给暴君治下的臣民的渴血的欲望，但谁也不明白。"① 鲁迅将"看客"与"暴君的暴政"联系起来，在"看客"中注入了文化启蒙的因素，是"暴君的暴政"制造了"看客"，另一方面观赏"砍头""人血馒头"是人的"渴血的欲望"的暗示，显示了生命的残酷性。"人血馒头"不仅小栓吃着香，那个驼背五少爷也一到茶馆就闻到香味。在砍头的现场，"老栓又吃一惊，睁眼看时，几个人从他面前过去了。一个还回头看他，样子不甚分明，但很像久饿的人见了食物一般，眼里闪出一种攫取的光。……（老栓）仰起头两面一望，只见许多古怪的人，三三两两，鬼似的在那里徘徊；定睛再看，却也看不出什么别的奇怪。"② 阿Q在临刑前也遭遇这样的目光："四年之前，他曾经在山脚下遇见一只狼，永是不近不远的跟定他，要吃他的肉。……可是永远记得那狼眼睛，又凶又怯，闪闪的像两颗鬼火，似乎远远的来穿透了他的皮肉。这回他又看见从来没有见过的更可怕的眼睛了，又钝又锋利，不但已经咀嚼了他的话，并且还要咀嚼他皮肉以外的

① 鲁迅：《六十五 暴君的臣民》，《鲁迅全集》1卷，人民文学出版社，第366页。
② 鲁迅：《药》，《鲁迅全集》1卷，人民文学出版社，1981年，第441页。

东西，永是不远不近的跟他走。这些眼睛似乎连成一气，已经在那里咬他的灵魂。"①1928年4月6日的《申报》上的《长沙通信》，记叙了湖南屠杀共产党人，其中有三名年轻女性，于是引起大批民众的围观："全城男女往观者，终日人山人海，拥挤不通。加以公魁郭亮之首级，又悬之司门口示众，往观者更众。司门口八角亭一带，交通为之断绝。计南门一带民众，则看郭亮首级后，又赴教育会看女尸。北门一带民众，则在教育会看女尸后，又往司门口看郭首级。全城扰攘，铲共空气，为之骤涨；直至晚间，观者始不似日间之拥挤。"②鲁迅说："我一读，便仿佛看见司门口挂着一颗头，教育会前列着三具女尸。而且至少是赤膊的，——但这也许我猜得不对，是我自己太黑暗之故。而许多民众，一批是由北往南，一批是由南往北，挤着，嚷着……。再添一点蛇足，是脸上都表现着或者正在神往，或者已经满足的神情。"③"我临末还要揭出一点黑暗，是我们中国现在（现在！不是超时代的）民众，其实还不很管什么党，只要看头和女尸。只要有，无论谁的都有人看，拳匪之乱，清末党狱，民二，去年和今年，在短短的二十年中，我已经目睹或耳闻了

---

① 鲁迅：《阿Q正传》，《鲁迅全集》1卷，人民文学出版社，第526页。

② 鲁迅：《铲共大观》，《鲁迅全集》4卷，人民文学出版社，1981年，第105页。

③ 鲁迅：《铲共大观》，《鲁迅全集》4卷，人民文学出版社，1981年，第105—106页。

好几次了。"① 小说《示众》放逐文化理性，强化"看客""吃人"的无声的邪恶。这里没有任何文化冲突和社会冲突，只是一群人看一个人。"被看者"是一个被警察用绳子拴住牵着的男人，他的文化属性和社会属性被悬置起来。"看客"是街头上的形形色色的人，男女老少，高的矮的胖的瘦的，他们同样没有任何文化属性和社会属性。这样在"看客"与"被看者"之间，我们无法进行进步与落后、觉醒与愚昧的文化价值判断，所能够感受到的就是"看客"那种贪婪的邪恶灵魂。鲁迅说："社会太寂寞了，有了这样的人，才觉得有趣些。人类是喜欢看戏的，文学家自己来做戏给人家看，或者绑出去砍头，或是在最近墙脚下枪毙，都可以热闹一下子，且如上海巡捕用棒打人，大家围着去看，他们自己虽然不愿意挨打，但看见人家挨打，倒觉得颇有趣的。"② 这种对"看客"的愤怒，就十分明确地将"看客"心态置于人的意志的海洋之中了。莫言说："鲁迅对事物看得非常透彻，首先他明白人是一个动物，人的生命非常有限，他是学医出身，眼光不一样。"③ 在《娜拉走后怎样》中，也仍然无法摆脱悲剧，其根源在于，人各不相同，各有自己的意志，尽管社

---

① 鲁迅：《铲共大观》，《鲁迅全集》4卷，人民文学出版社，1981年，第106页。

② 鲁迅：《文艺与政治的歧途》，《鲁迅全集》7卷，人民文学出版社，1981年，第119页。

③ 蒋异新整理：《莫言孙郁对话录》，《鲁迅研究月刊》，2012年10期。

会秩序将他们联合在一起，但是，他们在骨子里仍然是相互隔阂的，无法相通，"楼下一个男人病得要死，那间壁的一家唱着留声机；对面是弄孩子。楼上有两人狂笑；还有打牌声。河中的船上有女人哭着她死去的母亲。人类的悲欢并不相通，我只觉得他们吵闹。"① "现在的所谓教育，世界上无论哪一国，其实都不过是制造许多适应环境的机器的方法罢了。要恰如其分，发展各各的个性，这时还未到来，也料不定将来究竟可有这样的时候。我疑心将来的黄金世界里，也会将叛徒处死刑，而大家尚以为是黄金世界的事，其大病根就在人们个个不同，不能像印版书似的每本一律。"②

在莫言那里，人是意志、欲望的动物，为一种来自生命本能的力量所支配，这里包含着很多的邪恶因素。他觉得中国作家似乎有意无意地遮掩着一些令人恐怖和绝望的东西，尤其是人的灵魂里的东西。在《透明的红萝卜》中，黑孩儿始终无法和他人对话，永远处在孤独之中，而且，其他人物，除了爱欲使他们结合之外，他们也是各个孤立，并相互伤害。小铁匠与他的师父老铁匠之间的关系近乎残酷，颠覆了人们一般经验中的师徒关系。小铁匠虐待黑孩儿，小石匠与小铁匠之间由于爱欲相互冲突，以至于激烈搏斗，酿成惨

---

① 鲁迅：《小杂感·而已集》，《鲁迅全集》3卷，人民文学出版社，1981年，第531页。

② 鲁迅：《两地书·四》，《鲁迅全集》11卷，人民文学出版社，1981年，第19—20页。

剧。就像祥林嫂的第二个丈夫贺老六死于疾病、孩子被狼吃掉一样的悲剧。《白狗秋千架》中暖从秋千上摔下来被蒺藜刺瞎眼睛，只能嫁给一个弱智的哑巴，生下孩子也是哑巴，然而，即使处在这种悲惨的境地，她仍然有一种强烈而盲目的欲求，她要和自己倾心的人生一个健康的孩子。《枯河》中的那个小虎竟然被父母、哥哥暴打致死。这里尽管有"文革"的一点儿背景，但是，仅仅用"文革"背景来解释又很难通畅。小虎的父母、兄弟都把他当成招灾惹祸的累赘、绊脚石，把心中的近乎变态性的抑郁、焦虑刹那间全部倾泻在这个弱小的孩子身上。亲情和人伦全部荡然无存，剩下的仅仅是凶恶的暴力。"街上尘土很厚，一辆绿色的汽车驶过去，搅起一股冲突的灰土，好久才消散。灰尘散后，他看到一条被汽车轮子碾出了肠子的黄色小狗蹒跚在街上，狗肠子在尘土中拖着，像一条长长的绳索，小狗一声也不叫，心平气和地走着，狗毛上泛起的温暖渐渐远去，黄狗走成黄兔，走成黄鼠，终于走得不见踪影。"[①]这是这个残酷的世界的象征。

鲁迅更多地关注日常生活中的人，他喜欢描绘那种顽固而执着的个人欲念，人侵害他人的时候，是《狂人日记》中所说的那样，"狮子似的凶心，兔子似的怯弱，狐狸似的狡

---

① 莫言：《枯河》，《白狗秋千架》，上海文艺出版社，2012年，第177页。

獚。"① 但是，在莫言小说中，往往是以高度的戏剧化和极端化的叙事，揭示吃人的残酷和邪恶。《红高粱家族》在张扬爷爷奶奶的酒神精神的同时，也展开了生命悲剧的荒野图景。杀红眼了人们会忘记一切，只管屠杀。《丰乳肥臀》与《红高粱家族》结构相同，英雄母亲上官鲁氏的背景是生命的荒野。

莫言早期的短篇小说《罪过》，在一个偶然的死亡事件里，逼问人心善恶，颠覆了脉脉温情的家庭伦理，以一种象征的方式介入人性凶暴的一面。"我"的弟弟小福子死了，"村里人嗅到了死孩子的味道，一疙瘩一疙瘩地跟在小福子的后边。"② 村人们表面上同情，实则幸灾乐祸。这几乎是鲁迅描绘"看客"无意识心理的笔法。爹爹一脚把"我"踢飞，平时一贯温和的娘，也变得极为凶狠。"我恍惚觉得娘扑上来拉住我的胳膊，我回头一看，她的眼竟然也像鬼火般毒辣，她的脸上蒙着一层凄凉的画皮，透过画皮，我看到了她狰狞的骷髅。"③ "我"腿上的毒疮实则是人性的毒疮，那段对于毒疮的描绘惊心动魄，"我的腿又黑又瘦，我的腿上布满伤疤。左腿膝盖下三寸处有一个铜钱大的毒疮正在化脓，

① 鲁迅：《狂人日记》，《鲁迅全集》1卷，人民文学出版社，1981年，第427页。

② 莫言：《罪过》，《白狗秋千架》，上海文艺出版社，2012年，第289页。

③ 莫言：《罪过》，《白狗秋千架》，上海文艺出版社，2012年，第295页。

苍蝇在疮上爬，它从毒疮鲜红的底盘爬上毒疮雪白的顶尖，在顶尖上它停顿两秒钟，叮几口，我的毒疮发痒，毒疮很想迸裂，苍蝇从疮尖上又爬到底，它好像在一座顶端挂雪的标准的山峰爬上爬下。被大雨淋透了的麦秸垛散发着逼人的热气，霉变、霉气，还有一丝丝金色麦秸的香味儿。毒疮在这个又热又湿的中午成熟了，青白色的脓液在纸薄的皮肤里蠢蠢欲动。我发现在我的右腿外侧有一块生锈的铁片，我用右手捡起那块铁片，用它的尖锐的角，在疮尖上轻轻地划了一下——好像划在高级的丝绸上的轻微声响，使我的口腔里分泌出大量的津液。我当然感觉到了痛苦，但我还是咬牙切齿地在毒疮上狠命划了一下子，铁片锈蚀的边缘上沾着花花绿绿的烂肉，毒疮迸裂，脓血咕嘟嘟涌出，你不要恶心，这就是生活，我认为很美好，你洗净了脸上的油彩也会认为很美好。其实，我长大了才知道，人们爱护自己身上的毒疮就像爱护自己的眼睛一样，我从坐在草垛边上那时候就朦朦胧胧地感觉到：世界上最可怕最残酷的东西是人的良心，这个形状如红薯，味道如臭虫，颜色如蜂蜜的玩意儿委实是破坏世界秩序的罪魁祸首。后来我在一个繁华的市场上行走，见人们都用铁钎子插着良心在旺盛的炭火上烤着，香气扑鼻，我于是明白了这里为什么会成为繁华的市场。"[①]

---

① 莫言：《罪过》，《白狗秋千架》，上海文艺出版社，2012年，第288—289页。

《酒国》则隐去了英雄叙事这一区域，专门聚焦于生命悲剧。"酒国"是一种象征，一方面对现实构成严峻的嘲讽、批判，另一方面又将这种现实批判和人性联系在一起，暴露、反思人的饕餮本性、残酷、邪恶，两者相辅相成，浑然一体。病态的社会催生了人的欲望和邪恶，而人的欲望和邪恶又使现实更加残酷、丑恶。鲁迅揭示的"吃人"悲剧在酒国市直接呈现出来。这是莫言一次最自觉地对鲁迅文学精神的回应和发扬。鲁迅呐喊"救救孩子"，莫言说：孩子已经被吃掉。是否真的"吃婴儿"并不重要，重要的是一种象征，它最大限度地暗示了酒国的邪恶和残忍，它是一种无边无沿的深不见底的能够吞噬一切的黑暗欲望和力量，人们都沉浸在这种黑暗之中，任何异端要么像李一斗那样被同化，要么像丁钩儿那样被消灭。侦察员丁钩儿虽然尚有一丝良知，却根本无法对抗酒国的阴谋、诱惑，最后，竟然掉进粪坑里淹死。就连作家莫言也无法抗拒酒国的诱惑，不仅愿意为余一尺作传，而且欣然来到酒国，享受着酒国的无微不至的服务，参观驴街，在酒国市委书记的陪同下喝得酩酊大醉，与酒国打成一片。这是莫言对酒国对人的深深的绝望，也是他深刻的自我剖析，和鲁迅的狂人的剖白异曲同工："四千年来时时吃人的地方，今天才明白，我也在其中混了多年；大哥正管着家务，妹子恰恰死了，他未必不和在饭菜里，暗暗给我们吃。我未必无意之中，不吃了我妹子的几片肉。"① 《四十一炮》是以"肉"为焦点进行现实批判。"肉"成为人的欲望的象征，人是喜欢吃肉的动物，为满足欲望可以采取一切手段。《檀香刑》在中西文化冲突和历史叙述中，揭示人性的凶恶、残暴，统治者、殖民者极为凶残，而反抗者似乎也具有凶残性，孙丙以同样残暴的方法对付德国殖民者。大段大段的酷刑叙述，凸现出人性的黑暗。檀香刑一方面是维持统治者统治的工具，另一方面也是人性恶的极致。不仅统治者满足了残暴的私欲，众多的看客，也近乎鲁迅笔下的看客，津津乐道地欣赏酷刑。赵小甲的"通灵虎须"是作品的点睛之笔，在"通灵虎须"的魔法中，所有的人都是动物：家畜与野兽。

---

① 鲁迅：《狂人日记》，《鲁迅全集》1卷，人民文学出版社，1981年，第432页。

魔性叙事及其自由精神

——再论莫言与鲁迅的家族性相似

　　我在《莫言与鲁迅的家族性相似》[①] 中，把文学叙事分成生命叙事和理性叙事两大类型，把鲁迅与莫言看作刚性生命叙事的大家族成员，并分析了他们之间具有家族性相似。这种叙事类型的划分，既考虑到"五四"新文学与当代文学之间的联系，又试图在更大的范围——古今中西文化中确立这两者之间的联系，以便更深刻、广泛地阐释、理解他们的意义和价值。这种刚性生命叙事也可以称之为魔性叙事，由于其魔性特征，往往容易遭到误解甚至围剿。你很容易发现，当人们谈论鲁迅的时候，不用说那些讨厌鲁迅的人，即使是肯定鲁迅的人，也常常说他多疑、刻薄、激烈、激进，把他和绍兴的师爷气联系起来。莫言也有类似的情况，当他在"红萝卜""红高粱"之后试图再进一步探索的时候，他遭到

---

　　① 王学谦：《莫言与鲁迅的家族性》，《吉林大学社会科学学报》，2014年3期。

一些批评家的激烈抨击。我以为，这是人们对魔性叙事及其蕴含的自由精神缺乏理解所致，因此，本文继续讨论莫言与鲁迅的家族性相似，进一步分析两者在刚性生命叙事——魔性叙事方面的相似性，并指出它所蕴含的自由精神及其意义。

一

莫言与鲁迅的刚性生命叙事或魔性叙事，首先，一个突出的特征是，喜欢塑造魔鬼性的英雄性格。他们有一副令人震撼、畏惧的凶猛外形，有一种傲视一切的狂野精神，激情饱满，力量充沛，意志坚定，无所畏惧，尤其是不避讳自身的黑暗与恶，喜欢以"异端"自居。

鲁迅的早期接受的文学是摩罗诗人的诗歌，是俄国的迦尔洵、安德烈耶夫的阴冷叙事，后来又对陀思妥耶夫斯基的人性拷问产生浓厚的兴趣，再有就是尼采、叔本华、克尔凯郭尔、施蒂纳等人的先锋性文化，这种文学、文化精神对鲁迅产生了深刻的影响。鲁迅跻身新文学的开场锣鼓是《狂人日记》，是以魔鬼的姿态咆哮着登场，也可以说是拜伦式英雄、尼采式酒神精神的鲁迅化呈现。他掀翻了从来如此的吃人筵席，撕破了儒家文化"仁义道德"温情脉脉的面纱。我一直以为这是鲁迅文学的原型和基本结构，是鲁迅之所以是鲁迅的决定性叙事。"狂人"之后，鲁迅还有"疯子""这样的战士""叛逆的猛士""过客""黑色人""女吊""无常"，有时鲁迅甚至自称"学匪"，与此相关的是，鲁迅喜欢猫头鹰，呼唤如猫头鹰叫声的文学，真的恶声，喜欢陶渊明的那个刑天："刑天舞干戚，猛志故常在。"创造人类的女娲，孤独的后羿等。这种精神在鲁迅文本中回旋游荡，有时也在杂文中出现。在许多杂文的境界中会浮现出一个具有魔性英雄气概的作者形象，或者说散文背后的那个叙事、抒情者。读鲁迅的《灯下漫笔》，起初是娓娓而谈的那种语调，读着读着你就会感到情绪的变化，逐渐变得激愤、高昂，"任凭你爱排场的学者们怎样的铺张，修史时候设些什么'汉族发祥时代''汉族发达时代''汉族中型时代'的好题目，好意诚然是可感的，但措辞太绕弯子了。有更直截了当的说法在这里——一，想做奴隶而不得的时代；二，暂时做稳了奴隶的时代。"[1]"不知道我的性质特别坏，还是脱不出往昔的环境的影响之故，我总觉得复仇是不足为奇的，虽然也并不想诬无抵抗主义者为无人格。但有时也想：报复，谁来裁判，怎能公平呢？便立刻自答：自己裁判，自己执行；既没有上帝来主持，人便不妨以目偿头，也不妨以头偿目。"[2]"世上如果还有真要活下去的人们，就先该敢说，敢笑，敢哭，敢怒，

---

① 鲁迅：《灯下漫笔》，《鲁迅全集》1卷，人民文学出版社，1981年，第213页。

② 鲁迅：《杂忆》，《鲁迅全集》1卷，人民文学出版社，1981年，第223页。

敢骂，敢打，在这可诅咒的地方击退可诅咒的时代！"[1]"我们目下的当务之急，是：一要生存，二要温饱，三要发展。苟有阻碍这前途者，无论是古是今，是人是鬼，是《三坟》《五典》，百宋千元，天球河图，金人玉佛，祖传丸散，秘制膏丹，全都踏倒他。"[2]有一次，鲁迅对许广平说："我对于'来者'，先是抱着博施于众的心情，但现在我不，独于其一，抱了独自求得的心情了。……这即使是对头，是敌手，是枭蛇鬼怪，我都不问；要推我下来，我即甘心跌下来，我何尝高兴站在台上？我对于名声，地位，什么都不要，只要枭蛇鬼怪够了，对于这样的，我就叫作'朋友'。"[3]在鲁迅生命的最后阶段，他仍然怀着早年的摩罗诗人"情结"，在《文人相轻》中，鲁迅还是那种摩罗式的激情、凶悍：

> 至于文人，则不但要以热烈的憎，向"异己"者进攻，还得以热烈的憎，向"死的说教者"抗战。在现在这"可怜"的时代，能杀才能生，能憎才能爱，能生与爱，才能文。彼兑飞说得好：
>
> 我的爱并不是欢欣安静的人家，

---

① 鲁迅：《忽然想到（五）》，《鲁迅全集》3卷，人民文学出版社，1981年，第43页。

② 鲁迅：《忽然想到（六）》，《鲁迅全集》3卷，人民文学出版社，1981年，第45页。

③ 鲁迅：《两地书·一一二》，《鲁迅全集》11卷，人民文学出版社，1981年，第274页。

来花园似的，将平和一门关住，

其中有"幸福"慈爱地往来，

而抚养那"欢欣"，那娇小的仙女。

我的爱，如荒凉的沙漠一般——

一个大盗似的有嫉妒在那里霸着；

他的剑是绝望的疯狂，

而每一刺是各样的谋杀！①

在莫言这里，同样是对"枭蛇鬼怪"的迷恋和张扬。莫言《红高粱家族》中的爷爷、奶奶、二奶奶，还有那一群一群的狗，由家狗而变成野狗的狗，《秋水》中的爷爷、奶奶、黑衣人、紫衣人，《老枪》中的父亲和奶奶，《人与兽》中的爷爷，《食草家族》中的九老妈（《红蝗》），二姑和他的儿子天、地（《二姑随后就到》），《丰乳肥臀》中的母亲、司马库和鸟儿韩等，都属于魔性英雄。他们的性格具有惊人的相似性，他们都激情澎湃、意志坚定，敢做敢当，既英雄又王八蛋。在兵荒马乱之际，那些狗也恢复了生命的野性，"人血和人肉，使所有的狗都改变了面貌，它们毛发灿烂，条状的腱子肉把皮肤绷得紧紧的，它们肌肉里血红蛋白含量大大提高，性情都变得凶猛、嗜杀、好斗；回想起当初被人类奴役

---

① 鲁迅《且介亭杂文二集·七论文人相轻——两伤》，《鲁迅全集》6卷，人民文学出版社，1981年，第405—406页。

时，靠吃锅巴涮锅水度日的凄惨生活，它们都感到耻辱。向人类进攻，已经形成了狗群中的一个集体潜意识。"[①] 在《人与兽》中，爷爷逃入北海道的大森林里，与野兽为伴也与野兽为敌，几乎变成了野人，"瘦而狭长的脸上，鼻子坚硬如铁，双眼犹如铁色的乱发，好像一把乱刺刺的野火。"[②] 他的嗅觉、听觉格外发达，他在山洞里能分辨出外边的许多声音，能闻到几十种不同的风的味道。

在这些文本的背后隐含着如鲁迅的摩罗诗人一样的魔鬼"情结"。1984 年秋天，莫言写了一份题为"天马行空"（《解放军文艺》，1985 年 2 期）的作业。尽管只是千八百字的短文，却最真切地表达了他的文学观，可以看作莫言的文学宣言。当然，当时没人在意这篇小小的作业，可是，如果我们从现在的莫言创作往回梳理的话，就会发现，莫言的创作灵性、奥秘或根基几乎都隐藏在这篇短短的文字之中了。后来莫言回忆那时的心态说："我确实觉得有股气在那里冲着，我觉得我能写出很好的东西来，写什么我也不知道，所以写这个《天马行空》时也非常狂妄。现在回过头来想想，我的创作谈也谈得好像有孙悟空大闹天宫的感觉，要彻底颠覆他

---

① 莫言，《红高粱家族》，解放军文艺出版社，1987年，第338页。

② 莫言：《人与兽》，《白狗秋千架》，上海文艺出版社，2012年，第409—410页。

们的小说。"① 他无法遏制这种内心的冲动和激情。"我写了一篇课堂作业叫《天马行空》，里面包含了许多对同学的不满，对他们的猖狂不服气，因为他们当时在军队系统都很有名，瞧不起人。像我这种农村出来的，没有发表过几篇小说，被他们蔑视。他们早就参加过各种笔会，有的在'文革'期间就发表过作品，这个管谟业是谁，他们根本不清楚。有一次我们系里组织讨论会，讨论李存葆的小说《山中，那十九座坟茔》。我的确感觉到不好，就把这个小说贬得一塌糊涂，话说得过分。我现在有点儿后悔，说人家根本不是一篇小说呀，有点儿像宣传材料一样，就这么直接讲的。而李存葆的《高山下的花环》获了上届中篇小说奖的头奖，改编成电影、话剧，名声大得不得了，是当时全国最红的作家。现在被我当头打了一棒，座谈时没人说话了。"② 在这份作业里，莫言倾泻着彻头彻尾的非写实的浪漫主义精神。他强调"想象力""灵气""天才"，认为，"一个文学家的天才和灵气，集中体现在想象力上。"③ 更重要的是，他所说的"想象力"带着激烈的反叛、颠覆性，有一股桀骜不驯的"邪劲儿"，带着亵渎、讽刺和狂傲。你看他使用的修辞，也都是他后来在

---

① 莫言、王尧：《莫言王尧对话录》，苏州大学出版社，2003年，第109页。

② 莫言、王尧：《莫言王尧对话录》，苏州大学出版社，2003年，第107—108页。

③ 莫言：《天马行空》，《解放军文艺》，1985年2期。

小说中经常使用的那种修辞，把风马牛不相及的事物、不是一类的事物甚至是相反的事物混杂在一起，相互冲突、对照，参差不齐、鬼哭狼嚎一般：

> 没有想象就没有文学，没有想象的文学就像摘除了大脑半球的狗，虽然活着但没有灵气，虽然活着但也是废狗。①

> "浮想联翩，类似精神错乱，把风马牛不相及的若干事物联系在一起，熔为一炉，烩成一锅，揉成一团，剪不断，撕不烂，扯着尾巴头动弹，这就是想象力的简单公式和一般目的。"②

> 要想搞创作，就要敢于冲破旧框框的束缚，最大限度地进行新的探索，犹如猛虎下山蛟龙入海；犹如国庆节一下子放出十万只鸽子；犹如孙悟空在铁扇公主肚子里拳打脚踢翻筋斗，折腾个天昏地暗日月无光一佛出世二涅槃口吐莲花头罩金光手挥五弦目送归鸿穿云裂石倒海翻江蝎子窝里捅一棍，然后思绪开始如天马行空，汪洋恣肆，天上人间，古

① 莫言：《天马行空》，《解放军文艺》，1985年2期。
② 莫言：《天马行空》，《解放军文艺》，1985年2期。

今中外，坟中枯骨，松下幽灵，公子王孙，才子佳人，穷山恶水，刁民泼妇，枯藤昏鸦，古道瘦马，高山流水，大浪淘沙。鸡鸣狗叫，鹅行鸭步——把各种意想叠加起来，翻来覆去，去粗取精，去伪存真，由此及彼，由表及里，一唱雄鸡天下白，虎兔相逢大梦归。①

创作要有天马行空的狂气和雄风，无论在创作思想上，还是在风格上，都必须有点儿邪劲儿。敲锣卖糖，咱们各干一行。你是仙音绕梁，三月绕梁不绝，那是你的福气。我是鬼哭狼嚎，牛鬼蛇神一齐出笼，你敢说这不是我的福气吗？②

在"红高粱"之后，莫言遭到批评家的猛烈批评，90年代先锋文学退潮，莫言感到困惑，却并没有退却，他依然坚持自己的魔性叙事精神，其叛逆性更加大胆、凶悍，他说：

我相信还有路，因为有"上帝"的指引，因为我知道我半是野兽半是人，所以我还能往前走，一切满口仁义道德的好作家们，其实都是不可救药的

---

① 莫言：《天马行空》，《解放军文艺》，1985年2期。
② 莫言：《天马行空》，《解放军文艺》，1985年2期。

王八蛋。他们的文学也只能是那种东西。

现在什么是我的文学观呢？……它在变化、发展、一圈一圈旋转着。

往上帝的金杯里撒尿吧！——这就是文学。

重读前几年对旧创作谈的批判，似乎有些新感触：在北京随地解溲被人逮住是要罚款的，但人真要坏就索性坏透了气才过瘾。在墙角撒尿是野狗的行为，往上帝的金杯里撒尿却变成了英雄的壮举。上帝也怕野种，譬如孙猴子、无赖泼皮极端，在天空里胡作非为，上帝只好好言抚慰招安他。小说家的上帝，大概是一些《小说创作法则》之类的东西，滋一些尿在这"法则"上，可能果然有利于放下包袱，开动机器呢！①

如果没有这种顽强的坚守，就不可能有后来的那些优秀作品。《丰乳肥臀》是"红高粱"精神的移植。母亲上官鲁氏和传统、现实中的母亲不同，既有奶奶的叛逆精神，也有母性之爱，整个作品气象却更加宏大。在《丰乳肥臀》遭到"文革"式大批判的之后，莫言却把他的魔性叙事推向一个高峰——《檀香刑》。《檀香刑》直面动荡、苍凉的历史，直

① 莫言：《旧"创作谈"批判与"新创作"谈》，《怀抱鲜花的女人》，中国社会科学出版社，1993年，第344页。

面残酷的人性——那种大段大段的酷刑叙事，没有魔鬼英雄的勇气是无法叙述出来。莫言将对历史的反思和人性的拷问变成一个规模巨大的故事。后期的莫言总是顽强地将悲剧推向最大的高度——这种悲剧乃是无法化解的悲剧，因为它既关联着历史又牵涉着人心，拓展到最大的幅度，将历史与人心的黑暗、芜杂、邪恶用力挖掘。《四十一炮》《生死疲劳》和《蛙》等作品，都来自于这种强大的力量。

二

这种魔性叙事在本质上是一种更为激烈的怀疑主义。它往往要对理性叙事所形成的传统、现实的普遍规则、秩序进行质疑、挑战，这些规则或者是伦理的，或者是历史的或者其他某种在人们心里稳固、习惯的价值取向。它的魔性英雄所要战胜的对象就是这些理性叙事。它要揭开理性叙事的面纱，呈现生命—自然的本真，直面更为广阔的世界和人生。因而，从理性叙事这个角度看，魔性生命叙事是虚无的。但是，从魔性生命叙事的角度来看，却是充实而真诚的，因为将那些普遍的虚伪驱除，恰恰展现出个体生命的内在情感、思想，另一方面，在刚性生命叙事那里，真正的英雄或真正的自由是从普遍规则中超越出来，被那些可疑的理性叙事所支配是给予的自由，不是自由。

鲁迅的《狂人日记》是典型的怀疑主义。在新文化运动的大潮中，它无疑是启蒙的，它让人明白中国儒家文化及其"仁义道德"的"吃人"——对人的个性的扼杀和良知的泯灭，但同时又不同于西方18世纪主流启蒙主义的那种以理性、进步为轴心的启蒙。西方主流启蒙主义是有结构、有方向地看待人类和世界的愚昧、落后和诸多的丑恶，在他们看来，无论过去、现在怎样，也无论通向未来之路多么坎坷、曲折，历史必然是进步的。必然性压倒一切。万事万物都是可理解的。对于"人"这种动物，尽管不是所有启蒙思想家都抱有乐观的态度，但是总不会认为是无可救药的。斯宾诺莎迷恋几何学，在《伦理学》中，他用几何学方法讨论伦理学。这种清晰透明的"人"总是可以理解和相互沟通的。但是，鲁迅是浪漫主义、现代主义的反启蒙的启蒙，这也是拜伦式英雄和尼采酒神精神的内核。这种启蒙所呈现出的世界是马克思·韦伯所说的"祛魅的世界"，它不仅揭示了世界、人生的非结构性：混乱无序，苍凉无边，而且也暴露出人性的有限性乃至无可救药的丑陋和恶性，对"人的解放"构成致命的颠覆，所有的人都是吃人的人，连"狂人"自己也是吃过人的。这是非常重要的方面，就是他对人性自身的怀疑，他抨击他人，但他并没有将自己排除出去。总之，我们在《狂人日记》中能够看到鲁迅对儒家文化为核心的中国传统文化、中国历史的整体性怀疑，对人性的怀疑。这样，我们就能够理解鲁迅小说的那种阴郁、冷峻的悲剧性，能够理解鲁迅为什么以批判、否定见长了，也能够理解鲁迅的自我解剖。鲁迅否定有一个圆满的历史目的：没有黄金时代。他承认"希望""将来"对于人是必要的，但是，也同时意识到，"希望"也很容易破灭，一旦"将来"随着时间变成了现实，也还是和现在一样，不可能圆满。鲁迅著名的杂文《论睁了眼看》就激烈地批判中国传统普遍存在的"大团圆"的思想。这种"大团圆"实际上就是用符合传统、大众心理习惯的普遍价值，用"瞒和骗"的方法虚构出一个和谐、完美的世界：尽管存在着曲折、艰难，但最终人生、世界总是合乎人的意愿的。即使在和"左翼"联合的时候，他内心深处也不无怀疑。对"左联"的某些人的做法非常不满，甚至称他们为"奴隶总管"。有一次鲁迅竟然对冯雪峰开玩笑说：你们胜利了，就会把我抓起来吧？他深知文艺与政治的歧途，独立的知识分子很难被社会权力者容纳。另一方面，鲁迅的自我解剖也非常深切，不惜将自己灵魂里的"黑暗"与"虚无"裸露出来。

鲁迅的精神逻辑是：唯"黑暗"与"虚无"乃是实有，却偏要进行绝望的反抗，这种反抗是带着自己内心的"黑暗"和"虚无"所进行的反抗。在鲁迅那里，不断表达这种情绪和思想，"于浩然狂热之际中寒，于天上看见深渊，于一切眼中看见无所有，于无所希望中得救。"①他面对正史，他更相信野史杂记，面对康乾盛世，他却看到文化统治和文字狱。面对读书人，他有时却更倾向于乡野村夫，而面对乡野村夫的时候，却是精英知识分子的立场。鲁迅必须不断怀疑，才能确定真实而饱满的自我，"过客"的那种永远的"走"就是一个永远怀疑的精神过程。他要不停地从"众人"中出走，不求稳固、长久的家园，他的精神历程总是从异乡到异乡的奔波、求索。他必须藐视一切，无所希望。只有在真正的"虚无"中才能建构自己，因为"虚无"——把一切规矩、秩序踏在脚下才可能创造，不虚无就只能按照某种规矩去做。这个世界没有"正人君子"所谓的"公理"，无须向外寻求一个永恒正义，却必须向内寻找个人的意志。"忠厚是无用的别名"，必须拿出力量来，以勇敢而凶猛的姿态，亮出尖锐牙齿，奋力搏击。鲁迅那篇并不引人注目的散文诗《自言自语》所展示的是和《狂人日记》相同的世界。一个分裂的世界，和布满陷阱、敌意的世界，一个即将衰颓的世界，但是，有一个英雄站立起来，人们熟悉的那个肩住了黑暗的闸门的父亲的形象，也是这样一个英雄的形象。

伯林在论述浪漫主义的时候，将没有"结构"的世界和"不屈的灵魂"看作浪漫主义最重要、具有持久影响的元素。

---

① 鲁迅：《墓碣文》，《鲁迅全集》2卷，人民文学出版社，1981年，第202页。

世界是尼采所说"生成"的——变动不居的存在，是酒神状态，无论你把这个世界看作令人振奋的存在，还是充满敌意的深渊，它都不存在一个固定的模式或本质的规定性，为此，个人的意志、力量和选择就至关重要，人生的价值就在于投入到这个不断流动的世界之中，不断创造自己，创造世界。那些固定的模式、本质都是可疑的，必须予以颠覆、瓦解，如果不打破条条框框，世界和人生就会僵化，就丧失了意义。真正有价值的人生就是敢于直面这种无序的世界，敢于打破那些从来如此的模式或本质。世界没有可供依凭的现成的价值栏杆，只能诉诸个人的、自我内心的精神和力量。因袭的大众的"道德"并不重要，往往是打破的对象。拜伦等摩罗诗人以及后来的尼采显然是这种浪漫主义精神的典型体现，也是后来存在主义的精神实质。

再看看莫言，同样是那种激烈的怀疑主义精神。他睁开眼睛看世界，看人生，看文学，直面惨淡的人生，正视淋漓的鲜血。对历史、伦理、人性的怀疑，以及人们习以为常的心理习惯和价值观念的怀疑，成为莫言魔性叙事的最具魅力的地方。同样也是怀疑到虚无的程度，然后再从虚无的深渊中挺立起英雄的姿态。有时候，他的怀疑与虚无的精神甚至比鲁迅来得更为直接和猛烈。在莫言眼中，真正的英雄总是蔑视一切的。没有虚无也就没有自由。

《透明的红萝卜》在表面看似乎近似于伤痕文学，但内里却是典型先锋精神，弥漫着强烈的怀疑主义气氛。黑孩儿始终没有一句话，这意味着他无法与这个世界建立起联系，他与世界是一种断裂性关系。他与周围的人也是格格不入。他们给予他的只是饥饿、冷酷，人们被各自的欲望支配着，相互伤害。黑孩儿的坚韧是超现实的，也是内向性的，是自身自生自发的生命力量。莫言以"自然"这个浪漫主义的精神堡垒来对抗世界的冷酷。在作品结尾的时候，写他钻进了黄麻地，仿佛如鱼得水，恢复了本性。"红萝卜"的这种叙述，使其与"伤痕文学""反思文学"的历史理性划开了明确的界限。

《红高粱家族》呈现的是没有结构的混乱世界：历史理性即人们所熟知的或历史教科书中的历史秩序被彻底颠覆，历史不是进步而是退化和混乱的，"种的退化"。家庭伦理和乡土温情也荡然无存，狗被赋予灵性。这大概是中国文学第一次以这样近乎"齐物论"的眼光写狗。爷爷、奶奶和二奶奶等的性格是典型的恶魔英雄的性格。以常规尺度衡量他们，他们不是"善"，是"恶"，是尼采所说的"超善恶"，充满激情、欲望，蕴含着强劲的生命力量，是酒神英雄。《食草家族》沿着"红高粱"的方向继续前行，甚至趋向于神秘主义。没有了抗日历史，历史因素逐渐淡化，几乎变成了寓言和神话。历史一片迷茫，人性与兽性被联系在一起。一方面有对生命力的诉求，另一方面却又有对人是什么的近乎本体性的思考。"人都是不彻底的。人与兽之间藕断丝连。生与死之间藕断丝连。爱与恨之间藕断丝连。人在无数的对立两极之间犹豫徘徊。如果彻底了，便没有了人。因此，还有什么不可以理解？还有什么不可以宽恕？还有什么不可以一笑置之的呢？"①《丰乳肥臀》和"红高粱"模式的几乎相同，但是更加宏大，它质疑近百年的历史，同时呈现的是混沌的荒凉的历史。母亲上官鲁氏的形象颠覆了人们心目中的母亲形象，却闪耀着母性之爱的伟大光辉。莫言叙事的基本特点是拆除捆绑在历史—现实身上的各种框架，同时，击穿厚重的伦理外衣，进入人心深处，从而爆发出深刻的怀疑和批判。《檀香刑》《四十一炮》《生死疲劳》和《蛙》都属于这类作品。

《马蹄》（1985）是一篇文体怪异的创作谈，开头是"文论"，随后的文字却像是游记散文，读到里面却发现是说理：谈论文学，也是谈论文化。这篇怪异的文字，不仅有"天马行空"的狂野，同时又增加了一份深厚、犀利。在他看来，文学史的过程就是不断怀疑、颠覆限制，不断前冲、不断变化的过程。因此，任何规则都是可以怀疑的。他把伟大的文学家或优秀的作家比喻成九头鸟，"文论：我以为各种文体均如铁笼，笼着一群群称为'作家'或者'诗人'的呆鸟。大家都在笼子里飞，比着看谁飞得花哨，偶有不慎冲撞了笼子的，还要遭到笑骂呢。有一天，一只九头鸟用力撞了

---

① 莫言：《食草家族》，上海文艺出版社，2009年，第226页。

一下笼子,把笼内的空间扩大了,大家就在扩大了的笼子里飞。又有一天,一群九头鸟把笼子冲破了,但它们依然无法飞入蓝天,不过飞进了一个更大的笼子而已。四言诗、五言诗、七言诗、自由诗、唐传奇、宋话本、元杂剧、明小说。新的文体形成,非朝夕之功,一旦形成,总要稳定很长的时期,总有它的规范——笼子。九头鸟们不断冲撞笼着它扩展着它,但在未冲破笼子之前,总要在笼子里飞。这里边也许有马克思的辩证法吧。"[①]莫言在汽车上浏览湖南的山水,看到的是峥嵘狰狞的自然,"大自然犹如一匹沉睡的猛兽",他渴望那种朴野的人生,怀想着强悍、绚烂的楚文化。从骑马人的马,"白马非马":

> 突然想起"白马非马"说,哲学教科书上说公孙龙子是个诡辩者,"白马非马"说也不值钱。我却于这些教科书背后,见公孙龙子两眼望着苍天,傲岸而坐,天坠大石于面前,目不眨动。"白马非马"就是"白马非马",管他犯了什么逻辑错误,仅仅这个很出格的命题,不就伟大得可以了吗?几十年来,我们习惯用一种简化了的辩证法来解释世界,得出的结论貌似公允,实则含有很多的诡辩因素,文学上的公式化、简单化,恐怕与此不无关系

---

① 莫言:《马蹄》,《会唱歌的墙》,作家出版社,2005年,第133页。

吧。我认为一个作家就应该有种'白马非马'的精神，敢于立论就好。[①]

其实，从英国哲学家休谟的怀疑主义观点出发，这种"白马非马"的观点未必是错的。在休谟看来，人们对于世界的感觉、认识都是互不关联的，没有什么必然的因果关系，我们只是用心理力量将这些互不关联的因素连接起来，并加以系统化。从后现代主义的立场上看，其实，"白马非马"也并无错处，它就是不把个别的纳入整体，就是拒绝本质的概括。紧接着，莫言由"白马非马"又意识到"骑马非马"，真正的马，是庄子的自然之马。

《庄子·马蹄篇》曰："马，蹄可以践霜雪，毛可以御风寒，吃草饮水，跷足而陆，此马之真性也。虽有义台、路寝，无所用之。及至伯乐，曰：'我善治马。'烧之，剔之，刻之，络之，连之以羁，编之以皁栈，马之死者十二三矣；饥之，渴之，驰之，骤之，整之，齐之，前有橛饰之患，而后有鞭策之威，而马之死者已过半矣。'马本来逍遥于天地之间，饥食芳草，渴饮甘泉，风餐露宿，自得其乐，在无拘无束中，方为真马，方不失马之

---

① 莫言：《马蹄》，《会唱歌的墙》，作家出版社，2005年，第137页。

本性，方有龙腾虎跃之气，徐悲鸿笔下的马少有缰绳嚼铁，想必也是因此吧。可是人在马嘴里塞进铁链，马背上压上鞍鞯，怒之加以鞭笞，爱之饲以香豆，恩威并重，软硬兼施，马虽然膘肥体壮，何如当初之骨销形立也。"①

<h2 style="text-align:center">三</h2>

在最宽泛的意义上，叙事可以分为两大类型：一种是理性叙事，一种是生命叙事。前者以"正确"为原则，诸如政治正确、历史正确、文化正确、伦理正确，万事万物都可以构成秩序、因果的思维方式，是一种近似于西方古典主义文学或文化的叙事风格，是尼采所说的日神阿波罗的精神呈现，或中国传统的"文以载道"叙事风格，也是老子的"天网恢恢，疏而不漏"的那个"道"。按照庄子的说法则是"游方之内"。后者则以"自由"为原则，是叙事者高度的自我认同、自我肯定，它是怀疑主义的，它能从前者的所谓"正确"中看到破绽、漏洞，在阳光下发现阴影和深渊，如老子说："大道废，有仁义"。它相信"自然"，相信模仿

---

① 莫言：《马蹄》，《会唱歌的墙》，作家出版社，2005年，第137—138页。

"自然"远远大于模仿"人文"，在文化、文明之外，有更广大、更丰富的领域。这是老子所说的那个"天地不仁，以万物为刍狗"的"道"，庄子所说的那种"游方之外"，是"言志"的叙事，是尼采所说的酒神叙事，和西方文学所说的非理性叙事。这种关于生命叙事与理性叙事的区分，和周作人关于文学的"载道"与"言志"的类型划分非常接近，由此，我们也可以说中国传统的儒家文化和文学是理性叙事，而道家则是生命叙事。

我们再进一步，在生命叙事之中再分为两种类型：一种是柔性的，一种是刚性的或魔性的。柔性生命叙事是通常人们说的道家的叙事：婴儿状态、隐逸、心斋、坐忘、超脱、闲适等，以及由此而形成的田园山水文化倾向。它包括孔子所赞赏的"颜回乐趣""曾点之志"，包括大部分晚明文人心态和他们的小品文，它怀疑、嘲讽乃至抨击"道学"，追求童心、性灵，不拘一格，率性而为，将自我自生自发的情感、趣味置于"道学"之上，它通过将普通的日常生活、零碎的感悟、将田园山水诗意化，达到一种自由自在、宁静淡泊的人生境界和审美境界。这种倾向，在西方浪漫主义潮流中也有比较明显的迹象。英国湖畔诗派的田园精神，海德格尔的"诗意栖居"等，也大体属于这种审美境界。这种柔性生命叙事也不是没有一点儿锋芒和棱角，也带有一定的"狂"气，但是，他们的"狂"度有限，或适可而止，终究趋向静谑、和谐、平衡、淡定。这正如周作人自我审视的时候所说，在他身上有"两个鬼"："流氓鬼"与"绅士鬼"，这"两个鬼"几乎能达到自然的平衡，当流氓鬼过于放肆的时候，"绅士鬼"就立即站出来制止了他。应该说，他们清楚地看到了世界、人生的无限荒凉、悲剧和自我生命的有限性，于是，他们坐在了树荫下，以平和的心态面向世界、人生。他们的激动、凌厉大体上不会离开树荫太远。魔性生命叙事则是带有强烈的激情、坚定的意志和强劲的力量，是激情怀疑主义，面对世界的无限荒凉、混乱，它不是淡定、超脱，而是热血沸腾，不是坐在树荫下，而是冲进里边去，与之近身对抗、搏斗。它带有猛烈的挑战性、进攻性，拜伦等摩罗诗人、尼采的酒神叙事可以看作这种刚性生命叙事的一个高峰。很显然，虽然都是追求自由，柔性生命叙事与魔性生命叙事蕴含的自由精神是有很大区别的。这就难怪鲁迅在 20 世纪 30 年代将林语堂的小品文称之为"小摆设"了。

应该特别注意的是，在中国文学传统中，这种柔性生命叙事非常发达，因而，在"五四"文学革命之后也获得比较充分的发展。周作人是这种柔性生命叙事的现代开创者和奠基者。废名在小说方面追求的是周作人小品文的境界。梁遇春的小品文比周作人、废名活泼、灵活一些，但是，他们基本上是一路的。林语堂"幽默闲适"的小品文可以看作周作人小品文风格的一种变化。30 年代的"京派"是柔性生命叙事的高峰。沈从文的小说代表着它的广度和高度。沈从文当然并不单纯，在他回味、认同"湘西"的时候，也热衷于湘西的狂野、彪悍的乡民，抨击现代人、城市人的孱弱无力、虚伪，但是，他这方面的能力并不强大，并没有创作出足以和《边城》并肩的作品。《边城》这种风格是典型的沈从文风格，《边城》以爱情冲突为骨架，但是，这种冲突并没有被尖锐化，而是被控制在一定范围之内，一个男人出走，为了爱情而刀枪相见的局面没有出现，是陶渊明田园情感的发展、提升和壮大。沈从文的最大价值在于以小说的方式将古代的山水田园审美境界置于新文学之中。整个"京派"的文学趣味，大体上都被这种柔性格调浸染。后来的孙犁也可以算作这种柔性生命叙事的变异。他的政治选择很明确，却并不制造激烈的矛盾冲突，只是点到为止，那种乡土生活的意味却被凸显出一种田园诗的意味。即使在 20 世纪 80 年代类似境界也总是首先能够获得文坛的普遍认可。如"文革"刚刚结束不久，汪曾祺就以《受戒》《大淖记事》这种沈从文式的境界出现在文坛上，而且很快就获得了普遍的认同。

相比之下，莫言、鲁迅这种魔性叙事却并不多见，是一种稀缺的自由精神。这种相差悬殊的对比，是否意味着中国文化或知识分子自由精神的弱化和缺失呢？我们总是在树荫下、书斋里、普通的日常生活中品味一种无伤大雅的如潺潺流水的小自由，却无力消受那种犀利的悬崖峭壁和峥嵘的高山峻岭，无法承受长江大河般的大自由。看似超脱、宁静的背后是否存在着一种巨大的压抑性呢？我的回答是肯定的。这和中国传统社会专制主义的压制具有密切关系。老子、庄子等原始道家其实并没有那么超脱、宁静，庄子言辞犀利，情感充沛，嬉笑怒骂，在其流传过程中却被不断弱化，一味求静，甚至变成了一种退休心态和休息文化。在"五四"时期，鲁迅提出"个人的自大"，以对抗"合群的自大"和"爱国的自大"。这种"个人的自大"实际上就是早期拜伦、尼采式的个性主义精神，那种"精神界战士"的个人主观主义精神。从中国的传统来说，鲁迅是在道家文化的河水中掀起惊涛骇浪，填入嶙峋的礁石，莫言则让这条河水气势磅礴、宽阔浩渺，这是非常值得珍惜的。傲视一切，从传统秩序、现实规范和众人的习惯中摆脱出来，并对这些有形无形的规矩给以猛烈的挑战。这种自由精神无疑最大限度地拓展了自由的空间，提升了自由的质量，使自由更具现代性。现代性的自由不仅仅是普通的自由主义的那种有节制的有规矩的自由，不仅仅是洛克的那种自由，它也包括拜伦、尼采的那种自由，那种傲视一切的无法无天的自由，不仅有哈贝马斯的自由，也有福柯的自由。

英国哲学家罗素在他的《西方哲学史》"绪论"中认为，从公元前600年直到现在，哲学可以大致分成两大类型：一种类型是追求"社会团结"（希望加强社会约束的人），另一种类型则渴求"个人自由"（希望放松社会约束的人），他认为，"社会团结"与"个人自由"在西方就如同科学与宗教一样，在整个西方历史中始终处于冲突或不安的妥协状态。古代基本上是希望加强社会约束的倾向占据主导地位，而在宗教改革摧毁了基督教大一统和文艺复兴之后，希望放松社会约束的思想不断发展、壮大。虽然在艺术方面文艺复兴还是崇尚整齐有序，但是在思想方面却将混乱无序的非理性释放出来。新教是个人的自我肯定，在个人与上帝之间取消了教会权威，笛卡尔之后，一直到德国的康德、费希特等人追求个人自由的主观主义思想迅速成长，18世纪末兴起的浪漫主义是这种个人主观主义的巨大潮流。罗素的英国人本性使他对近代以来的主观个人主义怀着警惕的态度，却又无法否定个人主观主义的意义，便以折中妥协、平衡而稳妥的自由主义思想进行了总结。这两种不同的叙事类型在后现代主义者利奥塔那里被置换成宏达叙事与个人叙事之间的区别。在结构主义那里则置换为结构主义与解构主义之间的区别，本质主义与反本质主义之间的区别也同理。美国后现代主义者罗蒂也喜欢进行这种哲学类型的划分。他的《偶然、反讽与团结》就是基于这种文化类型的划分而分析各自的意义的。罗蒂的反讽主义就是个人自由、个人叙事、解构主义，而团结主义则属于罗素所说的加强社会约束的倾向，社会团结的倾向，和结构主义、宏大叙事等。但是，罗蒂比罗素更加同情地理解生命叙事即个人自由的叙事。个人自由或私人的自由，是怀疑主义的，唯名论的，历史主义的，呈现的是自我创造的自律人生，是自我实现的完美人格，是人格模仿，而团结主义追求的是正义自由，而不在于人格之美，而在于他们是社会公民。他说，个人自由与公共秩序之间总是紧张而布满张力，"那些以自我创造或私人自律的欲望为主要出发点的历史主义者，如海德格尔与福柯，往往仍然和尼采一样，认为社会化与我们自我的最深处是格格不入的。而那些以追求正义自由的人类社会为主要出发点的历史主义者，如杜威和哈贝马斯，则往往还是认为企求私人完美的欲望感染了'非理性主义（irrationalism）'与'感受主义'（aestheticism）的病毒。……我要郑重呼吁，完美不应该非此即彼，而必须对他们兼容并蓄，等量齐观，将他们运用在不同的目的上。克尔凯郭尔、尼采、波德莱尔、普鲁斯特、海德格尔和纳博科夫等人的用处，在于他们是人格的模范，告诉我们私人的完美——自我创造的、自律的人生——到底是怎么回事。马克思、穆勒、杜威、哈贝马斯和罗尔斯等人的用处，则不在于人格的模范，而在于他们是社会公民的一分子。他们共同参与一项社会任务，努力使我们的制度和实务更加公正无私，并减少残酷暴虐。"①

① 罗蒂：《偶然、反讽与团结》（徐文瑞译），商务印书馆，2003年，第4页。

摩罗二重唱

——莫言的《铸剑》阅读及其与鲁迅的家族性相似

　　莫言在北京读研究生的时候，有一篇作业叫"《铸剑》读后感"①，经过润色，这篇作业以"谁是复仇者？——《铸剑》解读"为题发表在《中国现代文学研究丛刊》（1991年3期）上。这是莫言第一篇专门谈论鲁迅作品的文字，也是观察、理解莫言与鲁迅文学关联的一个重要窗口。莫言获诺贝尔文学奖之后，吴福辉发表《莫言"铸剑"笔意》，对"莫言的《铸剑》"进行解读。吴福辉认为，莫言对《铸剑》的解读抓住了鲁迅的精神实质：《铸剑》是一个复仇的故事，眉间尺是复仇者，黑衣人也是复仇者，但是，真正的复仇者应该是鲁迅。在《透明的红萝卜》中，"'小黑孩儿'仿佛是眉间尺和黑衣人的复合体；他有前者的年龄外貌，连外表有

---

　　① 莫言：《写给父亲的信》，春风文艺出版社，2003年，第107页。这是作业的原稿，在发表的时候，题为"谁是复仇者？——《铸剑》解读"（《中国现代文学研究丛刊》，1991年3期），内容略有改动，加上了小标题，个别的字句也进行了润色，但是意义没有任何改变。

点儿'愚笨'都近似（所以一块儿去公社工地应差的小石匠觉得他已经被后娘打傻了），但同样有超常的心灵（能听到头发落地，能嗅到几年前的血腥气，能把菜地看成井畦，梦中的火车能够站立，一个别人吃剩的普通红萝卜看去会晶莹剔透，根须如金色羊毛，内里流淌着银色液体）；后者'黑衣人'的黑色外表和黑色精神也灌注到'小黑孩儿'身上，沉默少语，自尊倔强，而且是反抗的、嘲讽的、超脱的。"① 莫言对乡村历史的叙述，"也是从《铸剑》走出来的：对待乡土的诸多感情中，复仇、痛恨的激情尤其引人注目。"② 我以为，把莫言的乡土小说与鲁迅《铸剑》的复仇精神联系起来，当然可以，因为莫言小说确实有着鲁迅的文学精神，可是，莫言创作时间长三十多年，作品数量又很多，用一个"黑孩儿"就把莫言与鲁迅联系起来，未免过于纤细、脆弱，牵强。还是应该从大处着眼，从莫言阅读体验，看他究竟关注《铸剑》的哪些地方，从《铸剑》里究竟看到了什么，进而从精神实质上去理解莫言与鲁迅的联系。

---

① 吴福辉：《莫言"铸剑"笔意》，《中国现代文学研究丛刊》，1991年3期。

② 吴福辉：《莫言"铸剑"笔意》，《中国现代文学研究丛刊》，1991年3期。

一

　　莫言何以这样喜欢《铸剑》？如果我们熟悉莫言崛起的文学风格的话，就很容易理解这个问题。在鲁迅的短篇小说中，《铸剑》最富激情、最浪漫、最奇诡，尤其是最凶悍——"摩罗"的一篇。这种恶魔浪漫主义与莫言的审美追求有较大的重合、共鸣，它和莫言20世纪80年代中期崛起时的张扬"魔幻"叙事的文学风格，乃至整个莫言文学风格都有较大的近似性。莫言与鲁迅文学精神的最深切联系，首先是因为两者都有一种恶魔浪漫主义抑或激烈反抗的现代主义文学精神，他们在不同的时间却跨入同一条大河，他们同属于一种文学类型，或同一种文学谱系。

　　鲁迅的文学世界是一个复杂的复合体，既有写实风格，也有浪漫主义和现代主义风格。在鲁迅留学日本时期，适逢西方哲学转向，一部分科学化，变成科学哲学，另一部则以原来浪漫主义为根基继续向内转，走向生命哲学即20世纪80年代初期逐渐影响到新时期文学的现代主义。这种现代主义潮流在当时也涌入日本。鲁迅崇拜"摩罗诗人"的魔性浪漫主义和同样具有魔性的现代主义哲学家尼采，还有具有近似气质的俄国作家安德烈夫、迦尔洵等人。"天才""个性"、主观主义、战斗精神、强悍的英雄主义精神，集结、荡漾在青年鲁迅的精神世界。他要做一个尼采、拜伦式的"精神界之战士"。"五四"文学革命之后，这一文学谱系中又加入了阿尔志跋绥夫、厨川白村、陀思妥耶夫斯基。就鲁迅的创作而言，《社戏》《故乡》有田园诗的意味，明显带有一种平和的古典田园浪漫主义气息，相对于《野草》而言，《朝花夕拾》也算是平和的，当然还不似周作人那样平淡宁静。鲁迅并不喜欢平和、恬淡，而是更倾心于那种极具震撼力的焦虑、犀利、阴郁和颠覆性的文学精神，最具有鲁迅文学气质的是《狂人日记》《长明灯》《伤逝》《孤独者》《在酒楼上》《铸剑》《野草》这类作品，明显带有拜伦、尼采式的声音，是其早期文学观念的具体实践。唯黑暗与虚无乃是实有，却偏向这黑暗抗战，这种摩罗个性主义的体验长期纠结在鲁迅的精神深处，在《华盖集》之后的杂文中也时有流露。鲁迅也不避讳自己内心的黑暗和虚无，乃至自诩为猫头鹰、魔鬼。《铸剑》正是从鲁迅这种精神世界中涌现出来的，是鲁迅创作中摩罗浪漫主义、现代主义的高亢音符。鲁迅的这种魔性叙事在 20 世纪 80 年代后半期，经由李泽厚、汪晖的阐释，逐渐扩散到整个现代文学界。鲁迅的魔性浪漫主义、现代主义精神受到广泛的关注和重视。

1985 年以后，莫言是以浪漫主义、先锋的姿态在文坛崛起的，他一开始就明显带有鲁迅式浪漫主义——魔性浪漫主义、现代主义精神气质。"文革"结束以后，思想解放，吸收西方文化，成为中国社会重要的精神动向，西方现代主义思潮也是中国知识界关注的重要对象。这种历史状态、精神氛围多少有一点儿和晚清、"五四"相似。在伤痕文学、反思文学、改革文学的同时，现代主义也悄然兴起。王蒙开始了意识流小说的尝试，"意识流"成为文坛的热门话题，徐敬亚注意到朦胧诗的现代主义因素，直接把朦胧诗当成现代主义，此后，一直到刘索拉的《你别无选择》，现代主义文学虽然遭遇重重的困难，却顽强生长，并在 1985 年前后蔚为大观，以"先锋文学"的面目确立了自己的地位。一些活跃的作家、不同代际的作家，都表现出强烈的探索、超越的文学欲望，许多重要的主流文学期刊，也对先锋表现出极大的热忱，倾力倡导、扶持、鼓励先锋文学。批评界也愿意将自己的目光聚拢在先锋文学潮流上，批评家不仅喜欢用现代主义的文化、美学知识去讨论先锋文学现象，还展开热烈的争论。随后，马原、余华、格非、孙甘露等更具先锋性的作家产生更大的影响，他们的作品使先锋潮流变得更加深沉、浑厚、饱满，这些作家告诉我们，先锋文学不仅仅是纸上谈兵的时髦口号，更是文学超越伤痕文学、反思文学、改革文学的坚实步伐。从 20 世纪 80 年代走过来的作家，很少不受到先锋文学的影响，也很少不进行先锋性尝试的。在先锋文学大潮中，哥伦比亚作家马尔克斯的影响非常广泛，许多人尝试"魔幻"叙事，却只在少数作家身上留下最深刻的启示。马尔克斯和拉美的魔幻现实主义文学告诉人们，寻根文学的文化寻根同样可以有多种可能性，乡土书写同样可以超越"五四"以来新文学的乡土写实传统和田园传统。

莫言是先锋文学大潮中的一颗耀眼的明星。从文学观念上看，莫言的创作被看作魔幻现实主义，是先锋文学的一种形态，而在性质上，莫言、余华和马原等人，都可以被纳入浪漫主义——现代主义这个谱系之中，"五四"时期就有人将西方现代主义文学称之为"新浪漫主义文学"。1985年，莫言发表的短文《天马行空》可以看作他的文学宣言：彻底的主观主义、个人主义的摩罗浪漫主义精神。他把"灵感""天才""灵性""想象力"看作文学的最高原则，要以最强有力的自由想象打破传统的现实的条条框框：

> 创作要有天马行空的狂气和雄风，无论在创作思想上，还是在风格上，都必须有点儿邪劲儿。敲锣卖糖，咱们各干一行。你是仙音绕梁，三月绕梁不绝，那是你的福气。我是鬼哭狼嚎，牛鬼蛇神一齐出笼，你敢说这不是我的福气吗？①

后来，莫言喜欢用感觉的自由来强调想象力的作用，提倡那种有气味的小说，用耳朵阅读，喜欢把各种不同语言系

① 莫言：《天马行空》，《解放军文艺》，1985年2期。

统的语词芜杂地组合在一起，也都是来自这种浪漫主义的文学精神。他将"高密东北乡"当成自己写作的"血地"，这种对童年、故乡生活的眷恋、迷醉也是浪漫主义的情怀。"高密东北乡"不是地理意义上的故乡，而是心灵意义上的家园。更重要的是，莫言从"高密东北乡"释放出"牛鬼蛇神"来。后来，莫言甚至干脆将自己也称作"半人半兽"的人，怀疑那些满口"仁义道德"的人。

当然更重要的是莫言的小说创作。莫言小说也可以分为两大类型：一种是写实性的，如《枯河》《白狗秋千架》《天堂蒜薹之歌》《弃婴》，另一种则是所谓魔幻性、魔鬼性的。莫言首先是以后者的精神气质在20世纪80年代文坛确立了自己的位置的。莫言写这篇读后感的时候（1991），已经创作出一批魔幻的、寓言的神话风格和先锋性作品，如《透明的红萝卜》《红高粱家族》《食草家族》（包括《红蝗》《玫瑰玫瑰香气扑鼻》《生蹼的祖先们》《复仇记》《二姑随后就到》《马驹横穿沼泽》）《十三步》《欢乐》《秋水》《老枪》等，而且，《复仇记》《二姑随后就到》《秋水》这三篇是专门写复仇的，是这种浪漫主义创作经历，使他很容易与《铸剑》产生兴趣和共鸣。刘再复说，莫言成功有三个密码，第一个是他依仗着故乡大地的资源，第三个是"鲸鱼气象"，第二个就是与鲁迅相似的魔性叙事。"莫言成功的第二个密码是他的'神魔结合'，首先是他的魔鬼写作。一百年前，中国现代最伟大的作家鲁迅就发表了《摩罗诗力说》，呼唤中国文学能出现弥尔顿、拜伦、雪莱这种魔鬼似的天才诗人。这种摩罗诗人敢于打破常规，敢于打破旧套，敢于打破平庸，敢于打破一切教条，敢于独闯新写法、新大地。一百年过去了，中国终于出了一个名字叫作莫言的'摩罗小说家'，出了一种敢于宣称'文学就是在上帝金杯里撒尿'的拜伦似的大浪漫。莫言的充满突破性与梦幻性的写作，莫言的魔术师似的变幻无穷的写作，莫言颠覆官修历史和颠覆平庸规则的鬼才似的写作，就是鲁迅所期待的'魔鬼写作'。"①

二

在《谁是复仇者？——〈铸剑〉解读》中，莫言认为，鲁迅精神，"是一种黑色的冷冰的精神。是一种冷得发烫，或热得像寒冰一样的精神！这是一篇冷得发烫的小说。而这种精神，恰恰就是鲁迅的一贯的精神，一种复仇的精神。"② "鲁迅是复仇者。每读《铸剑》，我急 [即] 感到那黑衣人就是那满脸棱角、下巴突出、颐着胡子的冷漠的鲁迅。鲁迅把对仇敌的刻骨深仇、通过宴之敖者的形象描画展现了

---

① 刘再复：《莫言成功的三个密码——2014年12月2日在香港公开大学与莫言的对谈引言》，《华文文学》，2015年1期。

② 《谁是复仇者——〈铸剑〉解读》，《中国现代文学研究丛刊》，1991年3期。

出来。鲁迅的一生风格与宴之敖者极其相似，那就是'冷'。他到了晚年，确实已到了杀人不见血的狠劲儿，用惯常的话说，黑衣人报仇复仇的行动过程中，体现了鲁迅的'稳、准、狠'的精神。那家伙是个天才的复仇专家，令人赞佩之极。这是鲁迅精神的典型化。"① 而且，鲁迅还是一个"看透了的英雄"，"对一个永恒的头脑来说，一个人一生中的痛苦和奋斗只不过是个笑话而已。黑衣人是这样的英雄，在某些时刻，鲁迅也是这样的英雄。唯其如此，才能视生死如无物，处剧变而不惊。鲁迅是一个时时陷在绝望心境中的作家，希望对于他只是无边的黑暗大海上的一线光明。"②

这种对鲁迅的认识，其实也并非莫言的发明，是李泽厚关于"提倡启蒙、超越启蒙"的浪漫主义、现代主义的鲁迅精神，在20世纪80年代中后期，汪晖也是这种鲁迅精神的重要推手，在他们之后，鲁迅的魔性叙事日益扩散，被许多人接受和从不同方面加以阐释，但是这并不意味着莫言在轻率地随声附和，人云亦云，而是他发自内心的认同，因为他在魔性叙事的鲁迅身上发现了自己。

鲁迅魔性叙事作为刚性生命叙事，有一系列相互关联的重要元素：第一个是激情；第二个是孤独的意志；第三个是

---

① 《谁是复仇者——〈铸剑〉解读》，《中国现代文学研究丛刊》，1991年3期。

② 《谁是复仇者——〈铸剑〉解读》，《中国现代文学研究丛刊》，1991年3期。

毫不妥协的抵抗、战斗；第四个是怀疑与虚无。前三项都是魔性主体状态，最后一项则是对外部世界的感觉、体验和认识。这些元素未必同时完整地体现在鲁迅的每一部作品中，只是在某些作品中获得了集中的呈现。在具有象征性的作品中，往往这些元素能够得到更为集中的表达，在写实性的作品中，则受到一定的限制，情况比较复杂。《在酒楼上》只是一种深深的孤独和绝望，《孤独者》中的魏连殳也被孤独、绝望的情绪支配，但是他内心奔涌着强烈的情绪，最终以近似于报复的心态死去。但是，一旦进入内心状态，即一旦进入象征领域，这些元素就活跃起来，而且往往被更充分地表达出来。

《铸剑》和《野草》《狂人日记》《长明灯》一样，把鲁迅的魔性完全呈现出来。无论眉间尺还是黑衣人，都是鲁迅内心渴慕的英雄——浪漫主义的恶魔英雄。小说以象征的方式，暗示着鲁迅的极端写作。这是激情的写作，是把人物、故事都推向极端境界的叙事，从而爆发出强劲的震撼力和冲击力的写作，是青年鲁迅所说的那种"撄人心"的写作。感动、冲动、勇敢，以身赴死，视死如归，只有这样才能充分表达鲁迅的激情和意志。眉间尺毅然把自己的头交给黑衣人，黑衣人砍掉自己的头颅报仇，这种超现实的英雄气概，都是以象征的方式表达了鲁迅的内心状态：激情、孤独、毫不妥协，不惜同归于尽，是鲁迅那种典型的"冷得发烫，热得像寒冰"一样的精神写照。同时，也表达出极其尖锐、猛烈的怀疑主义精神，弥漫着浓烈的虚无主义浓雾——"看透了的英雄"。黑衣人断然否定普遍的传统的侠义，因为这种所谓的善一旦成为规范、习俗，一旦被众人挂在嘴上，成为大众的普遍的言辞，就已经变质、贬值，变成了廉价的善，而廉价的善，和伪善很难划清界限，有时几乎是恶的帮凶。鲁迅见惯了那种以"大义""公理"的名义谋取私利的所谓正义，他渴求的是来自内心的没有被普遍化的个人的真诚善意。黑衣人说："仗义、同情，那些东西，先前曾经干净过，现在却都成了放鬼债的资本。我的心里全没有你所谓的那些。我只不过要给你报仇！"到小说的结尾，三个头颅已经无法分辨，正义、邪恶混为一炉，一切化为乌有，仅仅留下三颗人头骨，满朝文武一片忙乱，百姓跪在地上，向三颗头骨磕头。黑暗王国一如既往，没有任何方向，历史仍然是一片荒漠。这是鲁迅对"黄金时代"的历史颠覆，也是对"将来""未来"的深刻质疑。还有，这种怀疑也包括自己在内，解剖自己，"……我的魂灵上是有这么多的，人我所加的伤，我已经憎恶了我自己！"鲁迅在给朋友的信中曾说，"我自己总觉得我的灵魂里有毒气和鬼气，我极憎恶他，想除去他，而不能。"① 只有这种对伦理、人性、历史的普遍怀

---

① 鲁迅：《致李秉中》，《鲁迅全集》第11卷，人民文学出版社，1981年，第431页。

疑，将自己置身于荒原之中，才显出英雄精神。这是浪漫主义英雄，尤其是那些魔性英雄的重要品格。鲁迅说的唯黑暗与虚无乃是实有，却偏向这黑暗与虚无反抗，也就是这种浪漫主义的英雄气概。鲁迅的善于复仇在于他对中国传统专制主义文化与人心的深刻剖析和尖锐批判，用鲁迅的话说，就是"刨祖坟"。

这种英雄自我来自于魔性浪漫主义对"独异个人"的精神追求。理性叙事是将人置于一种世界秩序之中，将人置于人群和权威的统一之中。它认为存在着普遍而绝对正确的伦理和真理，适用于所有的人和事，和谐、适度与中庸成为重要的原则。中国传统的儒家文化就相信存在着这样一个世界秩序，并通过杰出而伟大的人物（圣君贤臣）就可以救赎所有人，实现天下大同。康有为的《大同书》就是这种精神的近代延续。这正如西方古典主义一样。但是，浪漫主义要冲破理性叙事的规则，它是怀疑的乃至是虚无的。它不是追求个人进入社会秩序，而是怀疑社会秩序，怀疑历史秩序和伦理秩序，它不承认世界是一个和谐的存在，宁可相信是一个永无休止的动态过程，一切皆流，只有不停地运动，才能真正体会到世界的存在，才能把握万物。因而，浪漫主义将个人从秩序中挣脱出来，不存在一个整合一切的真理或秩序，任何整合都是压抑性的存在。因而，要远离社会，这不仅仅是回归自然——以离群索居的方式确立自己，更重要的是确立自己独立的生活方式和坚定的心灵。越是有价值的人生就越具有独立性，越与众不同，他不是一群人的一个，他只是他自己：一个更纯粹的自我或绝对自我。孤独乃是成为自己的必备要素。要孤独面对世界，就需要格外强大的力量，因而，坚定的意志力量、执着和毫不妥协的精神成为可贵的品质。怀疑也同样是一种重要的品质，就如莫言所说的要"看透了"。如果不怀疑，过去——传统和现实的诸多原则、本质、规律之类就会成为一种不可逾越的鸿沟，个人被这些鸿沟规范、约束，就会被圈定在一个范围之内，使他变成了被外在于自我的东西决定的人，而不是一个自由的人。只有将一切看成是虚妄的，于一切眼中看到无所有，才能傲然屹立，才获得了真正的自由。在浪漫主义者看来，一个拥有自我的人，一个能够自由选择的人，虚无、怀疑与自由是同构的，是一个问题的不同方面。胡适曾经说过："世界上最强有力的人就是那个最孤立的人。"其实，胡适离这句话还是有一段距离的，胡适"健全的个人主义"实际上是相当稳健乃至保守的自由主义，在他的思想里根本就没有这句话的土壤。只有浪漫主义，尤其是恶魔浪漫主义才是这种孤独精神的真正策源地。鲁迅所喜爱、推崇的"摩罗诗人"往往表现出这种精神气质，尼采也具有同样的精神。拜伦式英雄：《恰尔德·哈洛尔德》中的哈洛尔德、《东方叙事诗》中的海盗康拉德是这种英雄精神的祖先。

三

莫言在《铸剑》里所看到的魔性叙事，也流淌、弥漫在莫言的小说创作中。莫言的写作是很典型的极端型的激情写作。他比鲁迅更嗜好那种极端的叙事境界，"极端"情境在他的小说中具有普遍性，无论写实抑或象征，往往将人物、故事都推向一种激烈冲突，具有高度戏剧化的特征。一些作品带有较强的浪漫主义、现代主义的象征意味。有时也有外冷内热的作品，有的时候则直接将热力像火山岩浆一样喷发、倾泻出来。《透明的红萝卜》中黑孩儿孱弱得随时可能被风吹到，在这个世界他没有获得一丝的温暖，只有饥饿，他没有一句话，完全失语，人与人之间的关系是除了爱欲之外，就是争夺、暗算和斗殴，但是黑孩儿有一种坚韧的力量，像黑色的精灵。这是浪漫主义的"自然"之力。后来，莫言又有短篇《铁孩》发表，铁孩儿可以看作黑孩儿的兄弟。同样被放逐、抛弃，同样饥饿，然而他却能够以铁为食物，具有旺盛的生命力。《秋水》是那种开天辟地的神话一样的寓言小说。凶险而强悍。这里有爷爷、奶奶的爱情传奇。爷爷杀死了三个人，和奶奶大胆私奔，在渺无人烟的蛮荒之地，开辟新的生活，养育新的生命。有趣的是，小说竟然出现了"紫衣人""黑衣人"形象，这是否和《铸剑》有关呢？他们同样具有爷爷、奶奶的性格，而"紫衣人"却是复仇者，最后开枪杀死了"黑衣人"。《老枪》中的奶奶和《秋水》中的爷爷同样强悍，他开枪打死了吃喝嫖赌的爷爷，父亲则将横行乡里的柳公安一顿痛打，然后自杀。

在魔性英雄叙事中，《红高粱家族》无疑是一座完美的高峰。那汪洋恣肆的红高粱无疑是一种象征，是爷爷、奶奶、二奶奶、野狗的生命力的象征。血海一样的红高粱，英雄好汉，激情四射，热血沸腾。对战场厮杀的叙述极为残酷血腥，还有剥人皮的残酷情节。爷爷、奶奶和二奶奶，都热情奔放，都有大胆的叛逆，执着而疯狂地追求，相互爱恋，却又孤独，相互冲突。他们是农民或流民、土匪，但这种社会身份并不重要，因为这种浪漫主义风格不在于写实，而在于精神，在于象征。他们就是拜伦笔下的海盗康拉德式的性格：无法无天，无所畏惧，为了内心的渴望，赴汤蹈火，却又残酷、邪恶，如恶魔附体，既杀人越货，又精忠报国。"他一辈子都没弄清人与政治、人与社会、人与战争的关系，虽然他在战争的巨轮上飞速旋转着，虽然他的人性的光芒总是力图冲破冰冷的铁甲放射出来，但事实上，他的人性即使能在某一瞬间放射出璀璨的光芒，这光芒也是寒冷的、弯曲的，掺杂着某种深刻的兽性因素。"[1] 莫言和鲁迅的不同之处是，激情中裹挟着强烈的欲望，莫言将人的欲望铺展得更为

---

[1] 莫言：《红高粱家族》，解放军文艺出版社，1987年，第206页。

开阔、凶险。在《红高粱家族》中，也有深刻而强烈的怀疑精神，有浓重的虚无感。八路军、国民党、爷爷的铁板会，还有一群一群的野狗，相互冲突、斗争，刀枪相见，螳螂捕蝉，黄雀在后。看不出哪方代表着历史的方向或进步，而从生命力的角度看，历史的过程却是"种的退化"——人性的退化过程。人与野狗的大战写得尤其精彩，野狗实际上也被当作英雄，大地的精灵。关于"千人坟"那个情节，酷似《铸剑》中三颗头颅的情节。小说写道：几十年过去了，当年的战场，"那座埋葬着共产党员、国民党、普通百姓、日本军人、皇协军的白骨的'千人坟'，在一个大雷雨的夜晚，被雷电劈开坟顶，腐朽的骨殖抛洒出几十米远，雨水把那些骨头洗得干干净净，白得都十分严肃。"[1]"他们谁是共产党、谁是国民党、谁是日本兵、谁是伪军、谁是百姓，只怕省委书记也辨别不清了。各种头盖骨都是一个形状，密密地挤在一个坑里，完全平等地被同样的雨水浇灌着。稀疏的雨点凄凉地敲打着青白的骷髅，发出入木三分的刻毒声响。仰着的骷髅里都盛满了雨水，清洌，冰冷，像窖藏经年的高粱酒浆。"[2]"坟坑里竟有数十个类狗的头骨。再后来，我发现人的头骨与狗的头骨几乎没有区别，坟坑里只有一片短浅的模糊白光，像暗语一样，向我传达着某种惊心动魄的信

---

[1] 莫言：《红高粱家族》，解放军文艺出版社，1987年，第239页。
[2] 莫言：《红高粱家族》，解放军文艺出版社，1987年，第240页。

息。光荣的人的历史里掺杂了那么多狗的传说和狗的记忆、狗的历史和人的历史交织在一起。"① 这让人想起"落得个白茫茫大地真干净"的那种境界。在这种背景上的英雄才是真正意义上的英雄，它不仅仅是悲哀、绝望，还有虚空：是非成败转头空。"红高粱"的这种境界在《丰乳肥臀》中获得更为壮阔的演示。历史的迷乱被拉长和拓宽，从而极大地强化了历史怀疑主义和批判精神。母亲是英雄谱的主角，传统的妇德对她并不起丝毫的约束作用，她对儿女的爱变成生命性的母性之爱。在荒凉的原野上，耸立着母性英雄的巨大雕像。

《食草家族》中的作品，是"红高粱"的变异，比"红高粱"走得更远。"红高粱"的魔幻限制在一定的范围之内，有明晰的历史空间，尤其是有抗日的民族精神，因而，更容易理解和接受。《食草家族》继续写家族祖先，由六个梦境构成，将现实与寓言、神话结合在一起，意义暧昧而模糊，整个作品像一头怪兽令人感到恐怖，摸不着头脑，但是，如果我们耐心思考，也总能获得一些蛛丝马迹。它仍然是"红高粱"那种生命力的赞歌，是"种的退化"的浪漫主义思考。人与兽是近亲，这意味着人来自于大自然，和卢梭的观点并无原则区别，不同之处在于，卢梭把自然状态田园化、和谐化，莫言把自然状态野性化和冲突化，人欲体现在既自

---

① 莫言：《红高粱家族》，解放军文艺出版社，1987年，第240页。

然化又渴求文明化的悖论。人走上了文明的道路，既无法战胜自然，也无法祛除自身的自然根性。这种自然根性以不同的方式呈现在文明状态，铺天盖地的蝗虫是大自然威力的呈现。《二姑随后就到》里的复仇，就是生命野性力量的爆发，是爷爷、奶奶精神的原始形态。《复仇记》里的复仇却是"种的退化"的写照。《生蹼的祖先》写出了自然与文明的两难处境，文明阉割了人性，很容易走向衰败。《马驹横穿沼泽》写的是人与自然的毁约。人类在自然与社会文明之间来回穿梭，人既是自然的又是文明的，从而使人类变成一种特殊状态。整个作品既有对自然人性的生命力呼唤，对自然之力的崇拜、迷恋，也有一种深深的恐惧和忧虑。《酒国》将这种忧虑化为一种强烈的批判精神。

2000 年之后，莫言的魔性浪漫主义主要不在于英雄叙事，虽然作品中也有英雄人物，更主要的却是一种勇气和力量：直面惨淡的历史，正视人性的邪恶，在历史与人欲之间进行着深刻的拷问，往往将人与历史置于绝望的境地，这是怀疑、批判精神的壮大，同时，也增加了悲悯的情怀。

四

《铸剑》吸引莫言的还有那种武侠小说风格——传奇性，但是，这种传奇性并非仅仅是故事情节方面的，更重要的是化腐朽为神奇，在古老的武侠传奇故事里注入现代人的灵魂。总体上看，鲁迅小说传奇性不强。鲁迅更趋向于在日常生活状态洞察几乎无事的悲剧。《故事新编》的主流也不太注重故事性和传奇性，但是，《铸剑》异乎寻常，是个例外。这就引起了莫言的强烈兴趣。

在20世纪90年代初期，莫言虽然爆得大名，却也时时感到焦虑，《天堂蒜薹之歌》没有得到文坛的回应。《欢乐》《红蝗》等作品也遭到激烈批评。尤其是进入90年代以后，先锋文学退潮，如何超越自己就成为困惑莫言的一个大问题。先锋小说那种激烈的非情节乃至反情节似乎已经使他感到厌倦，另一方面，纯粹的那种写实性风格，他一时也难以接受。他注意到传统小说的因素，试图从武侠小说中寻找可资借鉴的因素，但是，发现武侠小说作为大众化的小说也存在难以避免的弱点，而鲁迅的《铸剑》超越了武侠小说一般性的弱点，是一种新的创造。这对他有很大的启发，这是文体意识极强的莫言的艺术本能。莫言说，"港台的武侠小说家实际上糟蹋了中国的传奇小说中的最宝贵的素质：寓言性。鲁迅的'铸剑'，取材于古代传奇，又加上了他自己的感情，全部投入，所以应视为全新的创造，而不是'新编'。几年来，我一直在思考所谓的'严肃'小说向武侠小说学习的问题，如何吸取武侠小说迷人的因素，从而使读者能把书读完，这恐怕是当代小说唯一的出路。任何历史小说，实际上都是传奇小说，历史教科书也是'传奇'化了的。"①

莫言考虑到小说的可读性，即传奇化的情节对读者的吸引力，让读者产生浓厚的阅读兴趣，但是，更重要的是"寓言性"及其象征性。不是依附于武侠小说的老套路，而是在里面注入作家的创造性情感和想象，让作家的主体精神得到更充分的发挥。他深信一切历史都是当代史和个人的历史，历史本身是不确定的，历史并非客观地存在在那里，而是一种传奇化的记忆或主观偏见，是将自己的好恶注入其中。其实，这里面仍然是莫言的自我肯定，对自己一贯浪漫、现代主义精神的坚持。在《楚霸王与战争》一文中，莫言说："历史在某种意义上就是传奇。这是我读史的感想。"②《史记》就是一部传奇。司马迁由于被汉武帝处以腐刑，内心充满着对刘姓王朝的怨恨，他站在自己的立场上去写各种人，"凡是遭到刘家迫害，或被刘家冤杀的人，他都寄予了深深的同情，描述到他们的功绩时总是绘声绘色地赞美，极尽夸张之能事。譬如对大将军韩信，对飞将军李广，对楚霸王项羽。他把项羽列入'本纪'，让他享受与帝王同级待遇。他写韩信和李广的列传时不直呼其名，而称'淮阴侯'、称'李将军'，只一标题间，便见出无限的爱慕和敬仰。"③因此，

---

① 莫言：《谁是复仇者——〈铸剑〉解读》，《中国现代文学研究丛刊》，1991年3期。

② 莫言：《写给父亲的信》，2003年，春风文艺出版社，第103页。

③ 莫言：《写给父亲的信》，2003年，春风文艺出版社，第104页。

我们不可能知道真实的历史，只能看到融入了司马迁情感的历史。《史记》的历史也是司马迁的心灵史。"司马迁一生最大特点是好奇"①，"好奇是司马迁浪漫精神的核心"②。"他笔下那些成功的人物都有出奇之处。都有行为奇怪，超出常人之处。"③

90年代初期，莫言写了一组具有"聊斋"风味的短篇小说，《飞鸟》《夜渔》《神嫖》《铁孩》《翱翔》《地震》《灵药》《鱼市》《良医》等，确实是奇人奇事的传奇，有的几乎是游戏文字，显示出他讲故事的好奇心和才能，而有的却颇耐人寻味。《灵药》有模仿鲁迅《药》的明显痕迹，又不同于《药》。但是，仅仅是传奇似乎很难让莫言满意，他的浪漫的根性使他不能安于一般的好奇心，他还是要有象征性的传奇。1991年冬天创作的《战友重逢》这类传奇化叙事，应该是他更突出的特色。这部中篇小说用魔幻、武侠小说的方式写军事题材，味道却完全不同于通俗文学的那种武侠小说。它仍然是莫言那种一贯性的怀疑主义，是质疑英雄主义的传奇。他并不否定英雄的存在，但英雄是偶然的，成为英雄需要运气。回过头来，我们再看看莫言的全部小说，往往是具有他所说的那种寓言化意义上的传奇性。《透明的红萝

---

① 莫言：《写给父亲的信》，2003年，春风文艺出版社，第105页。
② 莫言：《写给父亲的信》，2003年，春风文艺出版社，第105页。
③ 莫言：《写给父亲的信》，2003年，春风文艺出版社，第105页。

卜》奇在一个黑孩儿上。《红高粱家族》可以看作家族史传奇，或草莽英雄传奇。《酒国》的传奇味很浓，亦真亦幻，却有强烈的现实批判和人性批判性。《丰乳肥臀》的故事性组织并非出色，但是，母亲、司马库、鸟儿韩等人物确实是符合他的传奇标准。《檀香刑》无疑是完美的传奇。人物、情节，外加魔幻化的因素，使它即像历史又像传奇。《拇指铐》《三十年前的一次长跑》都属于非常成功的传奇叙事。而上述中长篇小说又几乎都可以称之为巨型寓言，充满着象征性。

酷刑·看客与刽子手

——莫言《檀香刑》与鲁迅文学精神

我认为，在莫言所有的长篇小说中，《檀香刑》(2001)是最优秀的一部，也是一百年来新文学最宝贵的收获。李敬泽说，"《檀香刑》是一部伟大作品。我知道'伟大'这个词有多重，我从来不肯在活着的中国作家身上用它。但是，让我们别管莫言的死活，让我服从我的感觉，'伟大'这个词不会把《檀香刑》压垮。"① 我完全同意李敬泽的判断。《檀香刑》想象奇谲、叙事凶猛、境界深沉，本土性与现代性浑然一体，而且，和莫言其他作品比较起来，它显得非常完美、精致，几乎没有瑕疵。从现代文学传统看，莫言与鲁迅是一个文学谱系的，它显然是承续了鲁迅文学传统：对酷刑、"看客"的叙述，介入历史与拷问人性的高度融合。将人置

---

① 李敬泽：《莫言与中国精神》，《小说评论》，2003年1期。

于历史进程之中，逼问历史状态下的人性，同时又超越历史，不为历史限制，更深入地揭示人性的幽暗、残暴，将人类不可克服的邪恶、凶暴毫不掩饰地揭示出来。

一

莫言的《檀香刑》是一部伟大的小说，无论是从莫言文学的个人风格，还是从文学原创性的角度看，都是空前的。它必将成为中国文学史上极为稀有的文学瑰宝。

从莫言个人创作上看，《红高粱家族》是莫言第一部长篇小说，它给莫言带来了巨大的文学声誉，但却并不是严格意义上的长篇小说，是系列中篇构成的，缺乏完整的结构。《天堂蒜薹之歌》是结构完整的长篇小说，由于直接以现实为对象，其对现实的批判，也受到来自现实的难以克服的限制。后来的《酒国》《丰乳肥臀》等作品，甚至像《生死疲劳》《蛙》等，也都是极具莫言风格和原创性的作品，但是，如果吹毛求疵，从"完美"这个角度看的话，也都有一点儿缺憾。《酒国》想象奇谲，后半部却显得过于急迫。《丰乳肥臀》虽然气魄宏大，但许多地方过于粗糙，《生死疲劳》多少有点虎头蛇尾，最后的部分远不如上半部。《蛙》是一种风格转变，由放肆、张扬转向内敛，却似乎又失去了莫言的许多灵性。在莫言所有的长篇小说中，有两部完美度非常高的作品，第一部就是《檀香刑》，第二部是《四十一炮》。《檀香刑》从结构到人物、细节，从开头到结尾，从历史感到人性深度，酣畅淋漓，又精致无比。《檀香刑》是莫言创作时间最长的一部长篇，历时五年。在《丰乳肥臀》惨遭"文革"式的粗暴批判之后，莫言没有退缩、止步，而是以更加大胆、雄健的笔力，将以往的残酷叙事推向极端，将人的残酷更集中地暴露在光天化日之下。这不能不令人敬佩、赞叹。从文学史的角度看，中国文学史上还没有一部小说像它这样将酷刑作为表现对象，并且大段大段进行详细叙述，但是，当你阅读那些血肉横飞的文字的时候，却并不会感到仅仅获得了一种感官的刺激，而是激发你对人及其存在的思考。其实，无论是历史记载抑或现实生活，都不乏极端残酷的现象，但是，人们在这些"残酷"面前更乐于放弃思考，乖乖地服从文化、心理上的"禁忌"，任凭这些"残酷"停留在历史或生活的角落里，也不愿意让它进入文学的殿堂。莫言将这种"残酷"写出来，其叙述难度是可想而知的。从"五四"以来的文学传统上看，这种直面"残酷"的文学精神，显然和鲁迅同属于一个文学谱系的。它承续了鲁迅的文学传统而又将发扬光大：对酷刑、"看客"的叙述、介入历史与拷问人性的高度融合。将人置于历史进程之中，涉及历史走向，却又不为历史所拘囿，超越历史，逼问世态人心，将人性的幽暗、邪恶、残暴，将人性的不可克服的弱点毫不掩饰地呈现出来。

我们再看看鲁迅。鲁迅当然没有像莫言那样去写酷刑，但是，鲁迅的第一篇白话小说《狂人日记》也写得非常残酷。作品就以"吃人"来象征中国传统"仁义道德"的残酷，其中的具体细节也触目惊心、令人发指。如徐锡麟所遭受的酷刑，被捕以后他的心肝被恩铭的卫兵吃掉。狼子村的佃户将一个大恶人打死，然后将心肝煎炒而食，易牙蒸了儿子给桀纣吃，等等。还有，鲁迅的《药》是写酷刑的，也写得非常残酷。革命者夏瑜被砍头，民众围观，华老栓却用蘸着夏瑜鲜血的馒头给自己的儿子治病。《阿Q正传》也写到了刑场上的阿Q和看客，这两篇小说都涉及鲁迅的"看客"叙述。但是，鲁迅这些小说并没有像莫言那样充分展开酷刑描述。不过，鲁迅其他文章在进行文化批判和社会批判的时候，也涉及酷刑，而且比小说更细致地叙述酷刑。

鲁迅的《阿Q正传的成因》（1926），是回答郑振铎关于《阿Q正传》的批评的。郑振铎认为阿Q的"大团圆"结局太过匆忙，太意外，鲁迅则认为，在中国社会太过落后，任何荒唐的事情都可能发生，并不意外。鲁迅说：

> 先前，我觉得我很有写得"太过"的地方，近来却不这样想了。中国现在的事，即使如实描写，在别国的人们，或将来的好中国的人们看来，也都

会觉得 gr otesk（德文，荒诞离奇之意）。我常常假想一件事，自以为这是想得太奇怪了；但倘遇到相类的事实，却往往更奇怪。在这事实发生以前，以我的浅见寡识，是万万想不到的。①

于是，鲁迅详细地引用了当时报纸一篇关于酷刑的新闻报道：

> 但是前几天看见十一月二十三日的北京《世界日报》，又知道我的话并不的确了，那第六版上有一条新闻，题目是《杜小栓子刀铡而死》，共分五节，现在撮录一节在下面——
>
> 杜小栓子刀铡余人枪毙　先时，卫戍司令部因为从了毅军各兵士的请求，决定用"枭首刑"，所以杜等不曾到场以前，刑场已预备好了铡草大刀一把了。刀是长形的，下边是木底，中缝有厚大而锐利的刀一把，刀下头有一孔，横嵌木上，可以上下的活动，杜等四人入刑场之后，由招扶的兵士把杜等架下刑车，就叫他们脸冲北，对着已备好的刑桌前站着。……杜并没有跪，有外右五区的某巡官去

① 鲁迅：《〈阿Q正传〉的成因》，《鲁迅全集》3卷，人民文学出版社，1981年，第380—381页。

问杜：要人把着不要？杜就笑而不答，后来就自己跑到刀前，自己睡在刀上，仰面受刑，先时行刑兵已将刀抬起，杜枕到适宜的地方后，行刑兵就合眼猛力一铡，杜的身首，就不在一处了。当时血出极多。

在旁边跪等枪决的宋振山等三人，也各偷眼去看，中有赵振一名，身上还发起颤来。后由某排长拿手枪站在宋等的后面，先毙宋振山，后毙李有三、赵振，每人都是一枪毙命。……先时，被害程步墀的两个儿子忠智忠信，都在场观看，放声大哭，到各人执刑之后，去大喊：爸！妈呀！你的仇已报了！我们怎么办哪？听的人都非常难过，后来由家族引导着回家去了。

还有，鲁迅的杂文《铲共大观》（1928）质疑革命文学提倡者过于乐观的历史判断，写到了酷刑和看客，鲁迅引用了《申报》上的《长沙通信》的新闻：

> ……是日执行之后，因马（淑纯，十六岁；志纯，十四岁）傅（凤君，二十四岁）三犯，系属女性，全城男女往观者，终日人山人海，拥挤不通。加以共魁郭亮之首级，又悬之司门口示众，往观者

更众。司门口八角亭一带，交通为之断绝。计南门一带民众，则看郭亮首级后，又赴教育会看女尸。北门一带民众，则在教育会看女尸后，又往司门口看郭首级。全城扰攘，铲共空气，为之骤张；直至晚间，观者始不似日间之拥挤。①

在《电的利弊》(1933) 中写到了日本的酷刑、中国唐代的酷刑以及当下的电刑：

日本幕府时代，曾大杀基督教徒，刑罚很凶，但不准发表，世无知者。到近几年，乃出版当时的文献不少。曾见《切利支丹殉教记》，其中记有拷问教徒的情形，或牵到温泉旁边，用热汤浇身；或周围生火，慢慢地烤炙，这本是"火刑"，但主管者却将火移远，改死刑为虐杀了。中国还有更残酷的。唐人说部中曾有记载，一县官拷问犯人，四周用火遥焙，口渴，就给他喝酱醋，这是比日本更进一步的办法。现在官厅拷问嫌疑犯，有用辣椒煎汁灌入鼻孔去的，似乎就是唐朝遗下的方法，或则是古今英雄，所见略同。曾见一个因在反省院里的青

① 鲁迅：《铲共大观》，《鲁迅全集》4卷，人民文学出版社，1981年，第105页。

年的信，说先前身受此刑，苦痛不堪，辣汁流入肺
脏及心，已成不治之症，即释放亦不免于死云云。
此人是陆军学生，不明内脏构造，其实倒挂灌鼻，
可以由气管流入肺中，引起致死之病，却不能进入
心中；大约当时因在苦楚中，知觉瞀乱，遂疑为已
到心脏了。①

在《病后杂谈》中，鲁迅引用野史中的材料来批评当时
文坛上的"空灵"、超脱的文学观念，比较细致地展示了明
朝的酷刑：剥人皮。

又，剥皮者，从头至尻，一缕裂之，张于
前，如鸟展翅，率逾日始绝。有即毙者，行刑之人
坐死。

也还是为了自己生病的缘故罢，这时就想到
了人体解剖。医术和虐刑，是都要生理学和解剖学
智识的。中国却怪得很，固有的医书上的人身五脏
图，真是草率错误到见不得人，但虐刑的方法，则
往往好像古人早懂得了现代的科学。例如罢，谁都

① 鲁迅：《电的利弊》，《鲁迅全集》5卷，人民文学出版社，1981年，
第14页。

知道从周到汉，有一种施于男子的"宫刑"，也叫"腐刑"，次于"大辟"一等。对于女性就叫"幽闭"，向来不大有人提起那方法，但总之，是决非将她关起来，或者将它缝起来。近时好像被我查出一点大概来了，那办法的凶恶，妥当，而又合乎解剖学，真使我不得不吃惊。但妇科的医书呢？几乎都不明白女性下半身的解剖学的构造，他们只将肚子看作一个大口袋，里面装着莫名其妙的东西。

单说剥皮法，中国就有种种。上面所抄的是张献忠式；还有孙可望式，见于屈大均的《安龙逸史》，也是这回在病中翻到的。其时是永历六年，即清顺治九年，永历帝已经躲在安隆（那时改为安龙），秦王孙可望杀了陈邦传父子，御史李如月就弹劾他"擅杀勋将，无人臣礼"，皇帝反打了如月四十板。可是事情还不能完，又给孙党张应科知道了，就去报告了孙可望。

"可望得应科报，即令应科杀如月，剥皮示众。俄缚如月至朝门，有负石灰一筐，稻草一捆，置于其前。如月问，'如何用此？'其人曰，'是擅你的草！'如月叱曰，'瞎奴！此株株是文章，节节是忠肠也！'既而应科立右角门阶，捧可望令旨，喝如月跪。如月叱曰，'我是朝廷命官，岂跪贼令！？'乃步至中门，向阙再拜。……应科促令仆地，剖脊，及臀，如月大呼曰：'死得快活，浑身清凉！'又呼可望名，大骂不绝。及断至手足，转前胸，犹微声恨骂；至颈绝而死。随以灰渍之，纫以线，后乃入草，移北城门通衢阁上，悬之。……"①

二

从文学史的关联性上看，莫言的《檀香刑》显然延续、发展了鲁迅的残酷叙事，它的"看客"叙述显然来自鲁迅的启发。鲁迅不仅从"看客"上看出愚昧、冷漠，也看出其内心的黑暗、残酷。鲁迅非常善于不动声色地写出人的愚昧之中的无意识残酷，和人的愚昧有关，也牵连到人性的阴暗。《药》中残酷是钝化了的，无意识的，因为人血馒头治病变成了民间的偏方，华老栓一家和那些闲聊的茶客们，只是愚昧，稀里糊涂，沉浸在遥远的心理习惯之中，根本就没有人有什么残酷、不适的体验或感受。那个驼背五爷一进茶馆闻到烤人血馒头的气味，居然感觉到香气。在祥林嫂死了丈夫、孩子再次来到鲁镇的时候，那些围观祥林嫂的鲁镇人，是一种虚伪的同情。她们无非是拿祥林嫂的不幸当作自己无

① 鲁迅：《病后杂谈》，《鲁迅全集》6卷，人民文学出版社，1981年，第163—164页。

聊生活的一点儿娱乐。但是，阿Q在临刑之前却发现了人性的本然性阴暗，当他无师自通地喊出了过二十年又是一条好汉的时候，他忽然发现那些"看客"都变成了凶兽：

> "好！！！"从人丛里，便发出豺狼的嗥叫一般的声音来。……这刹那中，他的思想又仿佛旋风似的在脑里一回旋了。四年之前，他曾在山脚下遇见一只饿狼，永是不近不远的跟定他，要吃他的肉。他那时吓得几乎要死，幸而手里有一柄斫柴刀，才得仗这壮了胆，支持到未庄；可是永远记得那狼眼睛，又凶又怯，闪闪的像两颗鬼火，似乎远远的来穿透了他的皮肉。而这回他又看见从来没有见过的更可怕的眼睛了，又钝又锋利，不但已经咀嚼了他的话，并且还要咀嚼他皮肉以外的东西，永是不近不远的跟他走。这些眼睛们似乎连成一气，已经在那里咬他的灵魂。①

这里，不禁让我们想起鲁迅对北京街头羊肉铺前看宰羊的"看客"的观察。"北京的羊肉铺前常有几个人张着嘴看剥羊，仿佛颇愉快，人的牺牲能给予他们的益处，也不过如

---

① 鲁迅：《阿Q正传》，《鲁迅全集》1卷，人民文学出版社，第526页。

此。"鲁迅说，"暴君治下的臣民，大抵比暴君更暴，暴君的暴政，时常还不能餍足暴君治下的臣民的欲望……暴君的臣民，只愿暴政暴在他人的头上，他却看着高兴，拿残酷做娱乐，拿'他人的痛苦'做赏玩，做慰安。"

在《檀香刑》中，有几处描写了"看客"，和鲁迅笔下的"看客"非常相近，赵甲的舅舅被砍头的时候：

> 邢台周围的闲人们嗷嗷地叫起来，他们对这个死囚的窝囊表现不满意。孬种！软骨头！站起来！唱几句啊！在他们的鼓舞下，囚犯慢吞吞地移动起来，一块肉一块肉地动，一根骨头一根骨头地动，十分艰难。闲人们起声鼓噪，为他鼓劲加油。他双手按地，终于将上身竖起，挺直，双膝却弯曲着跪在了地上。闲人们喊叫着："汉子，汉子，说几句硬话吧！说几句吧！说，'砍掉脑袋碗大个疤'，说'二十年后又是一条好汉'！"

行刑完毕，这些闲人就又将死囚的衣服剥去。一个妓女被凌迟：

> 师傅说凌迟妓女那天，北京城万人空巷，菜市口刑场那儿，被踩死、挤死的看客就有二十多

个。……你如果活儿干得不好，愤怒的看客就会把你活活咬死，北京的看客那可是世界上最难伺候的看客。那天的活儿，师傅干得漂亮，那女人配合得也好。这实际上就是一场大戏，刽子手和犯人联袂演出。在演出的过程中，罪犯过分地喊叫自然不好，但一声不吭也不好。最好是适度地、节奏分明的哀号，既能刺激看客的虚伪的同情心，又能满足看客邪恶的审美心。师傅说他执刑数十年，杀人数千，才悟出一个道理：所有的人，都是两面兽，一面是仁义道德、三纲五常；一面是男盗女娼、嗜血纵欲。面对被刀膏割着的美人肉体，前来观刑的无论是正人君子还是节妇淑女，都被邪恶的趣味激动着。凌迟美女，是人间最惨烈、凄美的表演。观赏这表演的，其实比我们执刀的还要凶狠。[①]

屠杀戊戌六君子的刑场，也聚集着众多的"看客"：

成千上万的看客，被兵勇们阻拦在离执刑台百步开外的地方。他们都伸长了脖子，眼巴巴地往台上张望着，焦急地等待着让他们兴奋，或是心痛，

---

① 莫言：《檀香刑》，作家出版社，2001年，第240页。

或是惊恐的时刻。①

刽子手提着刘光第的人头，展示给台下的看客，"台下有喝彩声，有哭叫声。"②这场大刑留给"看客"的是茶余饭后的谈资：

> 这场撼天动地的大刑过后，京城的百姓议论纷纷。人们议论的内容主要集中在两个方面，一是刽子手赵甲的高超技艺，二是六君子面对死亡的不同表现。人们传说刘光第的脑袋被砍掉之后，眼睛流着泪，嘴里还高喊皇上，谭嗣同的头脱离了脖子，还高声地吟诵了一首七言绝句……③

在孙丙被押赴刑场的时候：

> 囚车行进在大街之上，路边的看客熙熙融融。……俺看到，刺刀尖儿在前边闪光，红顶子蓝顶子在后边闪光，乡亲们的眼睛在大街两旁闪光，乡亲们的眼睛在大街两旁闪光。俺看到，多少个乡

---

① 莫言：《檀香刑》，作家出版社，2001年，第262页。
② 莫言：《檀香刑》，作家出版社，2001年，第267页。
③ 莫言：《檀香刑》，作家出版社，2001年，第267页。

绅胡须颤，多少个女人泪汪汪。多少个孩子张大口，口水流到了下巴上。①

而猫腔班子却在孙丙行刑台前搭起戏台子，大唱猫腔，他们按照孙丙的意愿为孙丙送行，尽管孙丙觉得这是一场悲壮的大戏，但是，残酷的刑罚变成了大众的狂欢。民众们：

先是有三三两两的县城百姓来到戏台前方。他们似乎忘记了这里刚刚执行了天下最残酷的刑罚，他们似乎忘记了受刑人身上插着檀香木橛子还在升天台上受苦受难。②

莫言在对孙郁谈到《檀香刑》的创作时说：

但毫无疑问《檀香刑》在构思过程中受到了鲁迅先生的启发。鲁迅对看客心理的剖析，是一个伟大发现，揭示了人类共同的本性。人本有善恶之心，是非观念，但在看杀人的时候，善与恶已经没有意义了。譬如清朝时去菜市口看一个被杀的人，当杀人犯在囚车上沿街示众的时候，根本没有人去

① 莫言：《檀香刑》，作家出版社，2001年，第434页。
② 莫言：《檀香刑》，作家出版社，2001年，第498页。

关注他犯下了什么罪恶，哪怕这个人犯的是弥天大罪，杀害了很多人，是一个令人恨不得食其肉、寝其皮的坏蛋，但因为他上了囚车，脖子上插着亡命牌，这时候所有的看客都不会关注这个人到底犯了什么罪，纯粹是在看一场演出。这个死刑犯，能在被杀前表现得有种，像个汉子，慷慨激昂，最好唱一段京戏，最好能像鲁迅笔下的阿Q那样喊一句"二十年后又是一条好汉。"这就会让看客们得到极大的满足，获得精神愉悦。[①]

三

鲁迅叙述酷刑、残酷带有明显的启蒙的意图：揭出病苦，引起疗救的注意，但是同时也带有反启蒙的倾向。鲁迅是十分矛盾的。他揭示、批判那些愚昧、麻木、冷漠、阴暗，他希望人们能够意识到这种精神弱点，从愚昧中觉醒，幸福生活，合理做人，从根本上改造民族性格，从而推动中国社会的历史进步，但是，当他面对民众普遍的精神状态的时候，又明显带有悲哀而绝望的情绪，觉得人心、人的精神状况很难改变，历史也无法沿着应该行进的方向进步，历史

---

① 姜异新整理：《莫言孙郁对话录》，《鲁迅研究月刊》，2012年10期。

表面上的一些油彩无法遮掩人的精神状态的愚昧、丑陋和黑暗。在鲁迅看来，根本就不存在"黄金时代"。这或许是浪漫主义的"情结"导致的，浪漫主义尤其是鲁迅所接收的那种摩罗浪漫主义、尼采式存在主义的浪漫主义，就带有这种矛盾性。这种浪漫主义呼唤人的觉醒和力量，拒绝任何外在的力量对人的规范，让人依靠自己的力量来主宰自己的命运，但是同时也怀疑启蒙的理性，对人性、历史的进步持有怀疑的态度。

这就使鲁迅在叙述残酷的时候，更关心人心、人性，挖掘国民的灵魂。他往往是以残酷为缺口，探测人心，拷问人性，从人心的状态，去感受、思考社会历史的状态和性质，从人的愚昧、残酷的精神状态，构成对历史进步的质疑。在鲁迅小说中，尽管有辛亥革命，有夏瑜那样的革命者，也有吕纬甫、魏连殳那样的觉醒者，但是，人们普遍沉浸在愚昧、麻木的状态，社会仍然如铁屋子一般停留在遥远的过去。上文提到的鲁迅杂文《铲共大观》是鲁迅卷入革命文学论战，对文学革命提倡者的反驳和质疑。在革命文学的倡导者那里，革命文学之所以必须提倡，作家之所以必须跟上革命的时代脚步，其根据是启蒙运动时期建立起来的简单进步论。在这种进步论中，人的存在和历史的进步有一种牢不可破的本质、规律，无论历史怎样跌宕、变化，最终都必然会走向进步，进步乃是一种历史必然，无产阶级革命就是历史必然规律，因而，他们认为，鲁迅没有跟上时代，阿Q时代已经过去，鲁迅却仍然停留在那里，鲁迅内心过于阴暗。而鲁迅自己却并不认为自己黑暗，而是切中人心。鲁迅感到人心依然如旧，并没有太大的变化，"我临末还要揭出一点黑暗，是我们中国现在（现在！不是超时代的）的民众，其实还不很管什么党，只要看'头'和'女尸'。只要有，无论谁的都有人看。拳匪之乱，清末党狱，民二，去年和今年，在这短短的二十年中，我已经目睹或耳闻了好几次了。"①

莫言是在80年代中期先锋文学、寻根文学浪潮中崛起的作家。由于80年代的历史状况，和先锋文学的精神特征，莫言文学并不像鲁迅那样有一种渴望历史进步的焦虑，却更强烈地爆发出鲁迅的那种怀疑、批判精神。他关注历史，却无意对历史进行乐观的判断，而是把社会历史作为人的活动的平台，把人心、人性置于叙述的重心，深入开掘人性。如果说"红高粱"时代的爷爷奶奶昂扬着人性解放的狂放自由的话，新世纪以后，莫言则更注重人的欲望、丑恶、残酷等阴暗面。在《檀香刑》中，莫言只是对晚清社会、文化进行一种全面的呈现，从作品中，我们感受不到一种方向感或者所谓的历史本质、归来，对钱雄飞这样的革命党人和戊戌六

---

① 鲁迅：《铲共大观》《鲁迅全集》4卷，人民文学出版社，1981年，第106页。

君子的叙述，没有一般历史小说的那种基调和氛围，更像是野史传奇，对于义和团"怪力乱神"的渲染，也消解了主流正史的叙述，孙丙也失去了英雄的光彩。"檀香刑"等酷刑这个叙述轴心，揭露了皇权专制的残酷和罪恶，但其最大的目的还是在于人性本身，指向人性恶的黑暗深渊。

刽子手赵甲这一形象是人性残暴的最充分的体现。对刽子手赵甲形象的塑造是莫言对鲁迅的重要发展。虽然"看客"给了莫言以巨大的启发，但是，他不想完全重复鲁迅，因此，莫言也并没有过多地叙述"看客"，而是适可而止，另辟蹊径，把笔墨倾注在刽子手赵甲身上。鲁迅小说《药》中的康大叔只是一个简单的形象，没有充分展开，莫言在《檀香刑》中却将刽子手赵甲作为主人公之一来写。这是一个优秀作家的必然品质，在他汲取传统的时候，不会忘记自己的创造。莫言说：

> 鲁迅先生作品中，似乎没有特别多地描写刽子手，《药》里有一个刽子手康大叔，给华家送来人血馒头那个，那么牛气，活灵活现，但似乎没有把这个人物充分展开。我想，如果在一部小说里，把刽子手当作第一主人公来写，会非常有意义。①

---

① 姜异新整理：《莫言孙郁对话录》，《鲁迅研究月刊》，2012年10期。

正是因为刽子手赵甲的形象，檀香刑等酷刑才得以充分展开，小说才进入了酷刑的内部，尤其是进入了人性的内部。小说通过赵甲的人生历程，将一件件酷刑串联起来，使酷刑成为小说叙事的重要构成。在塑造赵甲性格时，莫言一方面将他看成"人"，写出他的生活和性格的变化，把他从一个饥寒交迫的乞丐变成大清朝一流刽子手的过程清晰地展现出来，其中也不乏复杂的一面，尤其是和戊戌六君子之一刘光第的交往，显示出他作为普通人的情感和心理。另一方面又写出他的极端残忍和冷酷的性格，表现出专制社会对人性暴力的鼓动、激发和培植，残暴是怎样一点儿一点儿地和人的内在黑暗融合在一起的。人性是具有无限可能的，人可以成为天使，也完全可以成为恶魔，人性自身的潜在黑暗是深不可测的。一旦赵甲出现在行刑现场，一旦他进入自己的社会角色，他就丧失了人之为人的起码底线，变成了一个冷酷的杀人机器。他面对囚犯的时候，囚犯不再是人：

> 站在执行台前，眼睛里就不应该再有活人；在他眼睛里，只有一条条的肌肉、一件件的脏器和一根根的骨头。经过了四十多年的磨炼，赵甲已经达到了这种炉火纯青的境界。[1]

---

[1] 莫言：《檀香刑》，作家出版社，2001年，第229页。

最初，赵甲从事刽子手的职业仅仅是为了生存，在日常生活中，他自己也清楚地意识到自己的职业是为人所不齿的，是卑微的，但是，在他的精神深处有一种力量，使他能够超越这种卑微，将自己的职业当成一门手艺，甚至当成一种艺术，将皇权专制看成是天经地义无可置疑的，将皇权专制的淫威看成是国家的尊严，然后再把自己的职业纳入皇权专制秩序之中，将自己的职业看成是皇权专制的神圣代理者，将残酷变成了自我价值的证明，将他内心的残暴本能与皇权专制融为一体。赵甲去京城投奔舅舅，在刑场上看到舅舅被砍头，这种血腥的场面反而激发了他内在的残酷本性。舅舅的死并没有引起他的悲哀，反而让他感到一种美感，刽子手余姥姥：

> 他白天的英姿在我的面前浮现：身体先是挺立不动，然后迅速往右偏转，右臂宛如揽着半轮明月，噌，舅舅的脑袋便随着喊冤的声音就被高高地举起来了……①

他被余姥姥从死亡边缘救下来的时候，便感激涕零地拜余姥姥为师，立志做一个刽子手，"我的热泪盈眶，是因为

---

① 莫言：《檀香刑》，作家出版社，2001年，第68页。

我想不到白天的梦想很快就变成了现实。我也想做一个可以不动声色地砍下人头的人，他们冷酷的风度如晶亮的冰块，在我的梦想中闪闪发光。"① 这种叙述表面上看似突兀，但实则深刻。它略去了表面的伦理、亲情，直逼人性的深处黑暗。赵甲虽然退休在家，但是，当他得知清廷让他执刑杀孙丙的时候，他感到的是证明自己的机会来了。"儿子，你爹我也要帮你正正门头，让左邻右舍开开眼界。他们不是瞧不起咱们家吗？那么好，咱就让他们知道，这刽子手的活儿，也是一门手艺。这手艺，好男子不干，赖汉子干不了。这行当，代表着的精气神儿。这行当兴隆，朝廷也就昌盛；这行当萧条，朝廷的气数也就尽了。"②

莫言对人性黑暗的挖掘另一个重要方式是塑造了一个傻子赵小甲的形象。赵小甲这个人物的最重要的特色在于他提供一种特殊的视角——傻子视角。这种特殊视角是莫言叙述的一个突出特点。这也让我们想起鲁迅的《狂人日记》里的狂人视角。狂人看到了"仁义道德"的"吃人"，赵小甲看到人的本相。赵小甲的"虎须"魔幻，使他看到了人的本相。

---

① 莫言：《檀香刑》，作家出版社，2001年，第69页。
② 莫言：《檀香刑》，作家出版社，2001年，第60页。

从鲁迅获取营养和力量

——莫言的鲁迅阅读及其共鸣

在当代作家之中，莫言与鲁迅具有维特根斯坦所说的"家族性相似"，这不仅体现在那种大胆的天马行空的艺术追求，那种锐利、强悍的摩罗情怀，那种怀疑精神、批判性精神等许多重要方面，即使从作家阅读与创作的关系上看，也能看出莫言与鲁迅的重要联系。如果对莫言有比较多的阅读和了解的话，就不难发现，莫言对鲁迅的阅读伴随着他的文学生涯，鲁迅作品就像影子一样跟随着他。莫言童年的文学阅读就接触了鲁迅，成为小说家的莫言曾经在鲁迅文学院学习，又通读过《鲁迅全集》，从鲁迅作品中汲取创作灵感，和鲁迅研究者孙郁对谈鲁迅。莫言在许多文章中谈论鲁迅及其作品，对鲁迅有高度的认同和共鸣。值得重视的是，莫言有两篇文章是专门谈论鲁迅及其作品的，《谁是复仇者？——〈铸剑〉解读》（1991）《读鲁迅杂感》

(2000)①。我以为，这样去理解莫言并不意味着莫言仅仅是跟在鲁迅后边的影子，或者在以自己的作品为鲁迅做注脚，如果这样的话，我觉得对两者都不够尊重，而是追寻莫言与鲁迅、"五四"文学传统之间的关系。从这里我们可以看到莫言对鲁迅的理解，也能体会到莫言与鲁迅的交集、共鸣和差异，还可以从一个侧面观察、体味莫言的文学追求以及他与"五四"新文学传统的关系。

一、童年读鲁迅：和那些"红色经典"是完全不一样的

在当代作家中，莫言的文学阅读视野是相当开阔的。读莫言的散文、创作谈或访谈录之类的文字，就很容易发现他的阅读踪迹。如20世纪80年代对福克纳、马尔克斯的阅读，对于莫言的写作影响相当大，莫言那汪洋恣肆的感觉化写作和魔幻写作，与福克纳、马尔克斯的影响是分不开的。莫言曾对日本学者吉田富夫说出了一系列他所喜欢的阅读过的外国作家，除了马尔克斯、福克纳之外，还有托尔斯泰、肖霍洛夫、川端康成、三岛由纪夫、水上勉、卡夫卡、大江健三郎等人的作品。川端康成《雪国》里的狗直接启发了他

---

① 莫言的《读鲁迅杂感》，结尾标注的创作时间是"1996年12月1日深夜"，发表于《长城》2000年第6期，标题为"读鲁杂感"，后收入散文集《写给父亲的信》（春风文艺出版社，2003年），标题也是"读鲁杂感"，后又收入散文集《会唱歌的墙》（作家出版社，2005年），标题改为"读鲁迅杂感"。

《白狗秋千架》中的那条白狗的写法。肖霍洛夫的笔下的那大片的葵花地让他难以忘怀。就中国文学而言，他读过《三国演义》《水浒传》《西游记》《红楼梦》等，也谈论过这些作品对他的影响，但是，古典作家中蒲松龄、司马迁对莫言影响更大。莫言经常谈论蒲松龄对他的影响和启发，而且，专门谈过司马迁的《史记》，对司马迁将自己的爱憎注入《史记》给予很高的评价。那么，在"五四"新文学运动以来的现代作家之中，莫言坦言读鲁迅作品比较多，鲁迅对他的影响也比较大。

莫言童年时代就喜欢阅读文学作品，是个地道的文学少年。他当时接触过《鲁迅作品选》和"文革"前教科书上的鲁迅作品。莫言的大哥管谟贤回忆说，当时，莫言阅读的主要是"红色经典"和古典名著，也读到了鲁迅作品，就是《鲁迅作品选》中的作品。这部鲁迅选集，是他大哥管谟贤的。管谟贤回忆说：

> 他把周围人家、老师同学的书都借来看了。我放在家里的《林海雪原》《吕梁英雄传》《鲁迅作品选》自不待说，连我留在家里的初高中语文、政治、历史、地理、生物课本也被他读了。①

————

① 管谟贤：《莫言早年的读书故事》，《辽宁教育》2014年第7期。

鲁迅的《药》给莫言留下了比较深刻的印象，并且使他产生一种不同于"红色经典"的感觉：

> 童年的印象是难以磨灭的，往往在成年后的某个时刻会一下子跳出来，给人以惊心动魄之感。《药》里有很多隐喻，我当时有一些联想，现在来看，这些联想是正确的。我读《药》时，读到小栓的母亲从灶火里把那个用荷叶包着的馒头层层剥开时，似乎闻到了馒头奇特的香气。我当时希望小栓吃了这馒头，病被治好，但我知道小栓肯定活不了。看到小说的结尾处，两个老妇人，怔怔地看着坟上的花环，心中感到无限的怅惘。那时我自然不懂什么文学理论，但我也感觉到了，鲁迅的小说和那些"红色经典"是完全不一样的。

《铸剑》的奇谲给莫言的印象也很深。他在谈《铸剑》的时候说：

> 我读鲁迅比较早，要感谢我大哥。他上大学后，读中学时全部的教材都放在家里。我没书可看，只好看他的教材。当时中学课本选了很多鲁迅的作品，小说有《故事新编》里的《铸剑》，杂文

有《论费厄泼赖应该缓行》。我最喜欢《铸剑》，喜欢它的古怪。

我很小的时候，便从大哥的中学语文课本上读到了这篇小说。许多年后，还难忘记这篇奇特的作品对于一个"文学少年"的心灵产生的巨大震撼。尽管当时并不能看懂这故事，但依然感受到了这作品是一种对人生的重大启示。那冷如钢铁的黑衣人形象，今生大概难以忘怀。[①]

与莫言同属一代的吴福辉说，当年课文上确实有这篇文章。莫言后来提到读《狂人日记》时的恐惧心理：

不认识的字很多，但似乎也并不妨碍把故事的大概看明白，真正不明白的是那些故事里包含的意思。第一篇就是著名的《狂人日记》，现在回忆起那时的感受，模糊地一种恐惧感使我添了许多少年不应该有的绝望。恰好那个时代正是老百姓最饿肚子的时候，连树的皮都被剥光，关于人食人的传闻也有，初次听到有些惊心动魄，听过几次之后，就

---

① 莫言：《谁是复仇者？——〈铸剑〉解读》，《中国现代文学研究丛刊》1991年3期。

麻木不仁了。①

在"文革"时期，莫言也读鲁迅：

> 那时的书，除了毛选之外，还大量地流行着白皮的、薄薄的鲁迅著作的小册子，价钱是一毛多钱一本。我买了十几本。这十几本小册子标志着我读鲁迅的第二个阶段。这时候识字多了些，理解能力强了，读出来的意思自然也多了。②

他知道鲁迅的文章在被选入中学课本的时候，也是被删掉一些内容的。

我们知道，莫言的童年生活对其创作具有重大意义。"大跃进"以及之后的"大饥荒""反右""文革"等对莫言构成了不可磨灭的影响。我们能够在莫言的各种演讲、创作谈、散文和大量的小说中感受到这种影响。莫言在一次演讲中说，"饥饿和孤独是我创作的财富"③。

---

① 莫言：《读鲁迅杂感》，《会唱歌的墙》，作家出版社，2005年，第125页。

② 莫言：《读鲁迅杂感》，《会唱歌的墙》，作家出版社，2005年，第125页。

③ 莫言：《饥饿和孤独是我创作的财富》，《小说的气味》，春风文艺出版社，2003年，第70页。

那时，我们这些五六岁的孩子，在春、夏、秋三个季节里，基本上是赤身裸体的，只是到了严寒的冬季，才胡乱地穿上一件衣服。那些衣服的破烂程度是今天的中国孩子想象不到的。[①]

我的肚皮仿佛是透明的，隔着肚皮，可以看到里边的肠子在蠢蠢欲动。我们的脖子细长，似乎挑不住我们沉重的头颅。[②]

这种儿童形象和《透明的红萝卜》中的黑孩儿非常相似。莫言曾经因偷生产队的萝卜而被父亲毒打，这也是《透明的红萝卜》的素材，《透明的红萝卜》中黑孩儿对萝卜的幻觉来自于饥饿，还有黑孩儿那沉默的孤独，他无法与周围的人进行交流。莫言的家庭是个大家庭，这种传统的大家庭生活，也使莫言感受到世态炎凉，感到人心、人性的某些阴影：

那时我们还没有分家，是村子里最大的家庭。全家十三口人，上有老下有小，最苦的就是母亲。

---

① 莫言：《饥饿和孤独是我创作的财富》，《小说的气味》，春风文艺出版社，2003年，第70页。

② 莫言：《饥饿和孤独是我创作的财富》，《小说的气味》，春风文艺出版社，2003年，第70页。

爷爷奶奶有点儿偏心眼，喜欢我的婶婶，我母亲干活最多，但在二老那里却不吃香。我因为长得丑，饭量大，干活又不麻利，在爷爷奶奶眼里，更是连狗屎都不如的东西。我从小就感觉到爷爷和奶奶的目光像锥子一样扎我。尽管有时奶奶也虚伪地表白两句：你们都是我的手指头，咬咬哪个哪个痛！但我想我顶多算个骈指。①

我家是一个比较大的农村家庭，我的父亲在旧社会读过几年私塾，在农村算是知识分子。父亲头脑中封建的意识很重，使这个家庭非常严谨和保守，我父亲和我叔叔成家以后，有了很多孩子，为了满足祖父母三世、四世同堂的愿望，一直到了十三口人的时候还没有分家。家里孩子很多，同样都是孙子、孙女，在祖父母心中的地位是不一样的，这种大家庭的生活使我感到世态炎凉，当然极度的贫困也是家庭产生矛盾的重要原因。②

"文革"开始以后，他被迫辍学参加劳动：

---

① 莫言：《从照相说起》，《会唱歌的墙》，作家出版社，2005年，第6—7页。

② 莫言：《故乡·梦幻·传说·现实》，《小说的气味》，春风文艺出版社，2003年，第160页。

过早地辍学，使我和大自然建立了一种密切的联系。当别的孩子在学校琅琅读书的时候，我正在跟牛羊一块儿窃窃私语，这种经历养成了我孤僻、内向，怕见人，在人的面前不善于表现自己，遇事萎缩往后退的一种怯懦的性格。①

他的短篇小说《枯河》写到了虎子被父亲、哥哥毒打致死。时代扭曲了父亲、哥哥的性格，他们为了自己的一点儿利益，哪怕是出于自保，也会爆发出惊人的怒气和暴力。短篇小说《罪过》那种人性拷问颇有鲁迅意味，其中也写到父母对子女的偏心。莫言痛苦而悲惨的童年，使他对人生、人性和社会时代有更深切的感觉和体验，而阅读鲁迅所产生的那种"和那些'红色经典'是完全不一样的"体验和感觉，那种恐惧感，也无疑给莫言埋下了一种悲剧、叛逆和反抗的种子。这和鲁迅也有些类似，鲁迅童年时期经历了从小康之家堕入困顿的惨痛经历，从而使他感到了世态人心的阴冷。

二、通读鲁迅：在困惑、焦虑之际从鲁迅身上汲取力量

莫言1985年、1986年因"红萝卜""红高粱"迅速成

---

① 莫言：《故乡·梦幻·传说·现实》，《小说的气味》，春风文艺出版社，2003年，第160页。

名，但是，很快莫言就进入一个困惑、焦虑的创作阶段。这里面有来自社会的影响、自我生存方面的压力，也有来自艺术方面的迷惘、困惑。

1988 年，莫言去鲁迅文学院学习。莫言本意想学外语，成为一个学者型作家，实际学习起来却感到困难重重，并非易事。1989 年政治事件，也对他构成巨大的冲击：

> 我们是 1988 年秋天去的，到了第二年四五月份，社会很不安定，整个上半年都这样，后来没心写作了。这期间我写了一个中篇，叫《你的行为使我们恐惧》，发表在《人民文学》1989 年 6 期。①

> 1990 年的暑假五十天，我住在高密县城的家里。买了一个旧房，院子很大，大概有两百平方米，种了一片葵花，葵花长得比人还高……我白天没事儿就在葵花地里转来转去，手里拿着一个苍蝇拍子。葵花地里有很多巨大无比的苍蝇，都是绿的黑的，叫马苍蝇，像杏核那么大。我拿着苍蝇拍子天天在地里转着打苍蝇，一下能打几百个苍蝇。我想到了《静静的顿河》中格里高利和阿克西尼娅幽

① 莫言、王尧：《莫言王尧对话录》，苏州大学出版社，2003年，第144页。

会的那个葵花地，那个葵花还很矮，只能在葵花地里面蹲着。我想，这个时代我尽在葵花地里转来转去，外边就是县城的生活。……想写作，但心无论如何静不下来。①

莫言曾戏仿样板戏《沙家浜》，用武侠文体改写《沙家浜》，结果投稿被退回来，莫言把稿子烧掉了。

1990年这个暑假五十天，我陷入一种创作的困惑中，脑子里似乎什么也没有了，找不到文学的语言了。我想，我真是完了，我的创作能力已经彻底没有了。

期间莫言去了一次香港，遇到台湾作家张大春、朱天心，莫言答应了张大春的约稿，回来之后，写了《地道》《辫子》《飞鸟》《神嫖》《夜渔》《灵药》《粮食》《翱翔》《鱼市》等十六部短篇小说，大部分是模仿《聊斋志异》传奇故事，这也可以说是一种焦虑中的探索吧。

造成莫言困惑、焦虑的还有市场经济对文学的冲击。20世纪80年代中后期开始，文学逐渐失去轰动效应，不再是

---

① 莫言、王尧：《莫言王尧对话录》，苏州大学出版社，2003年，第145—146页。

社会生活关注的焦点，也不再是社会的精神宠儿，商业化、市场化的现实给文学带来了极大的冲击，知识分子、作家纷纷"下海"，或涉足更有利润的行当，作家从精神的高峰跌入现实"一地鸡毛"的灰暗体验，这种现实对莫言也构成了不小的影响。莫言说：

> 整个中国新时期文学应以1989年作为一个分界线。1989年以前大家对文学热情很高，1989年以后整个社会调整过来，进入商品社会，很多文人下海，文学突然从社会热点、关注点变得非常边缘了，没人再理睬了。我预感到我不可能像别人一样去下海、经商做生意，我知道我肯定还要写作，但很难坐下来。①

他也曾尝试进入市场，涉足影视剧创作，但并不成功。

给莫言压力最大的也许是文学本身。莫言是在先锋潮流中崛起的作家，也是最具先锋文学精神的作家之一。20世纪80年代中期崛起的先锋大潮，是新时期文学最具文学性的文学潮流。它与寻根文学一起将新时期文学的品质提升到前所未有的高度。没有先锋文学，新时期文学很难获得突破

---

① 莫言、王尧：《莫言王尧对话录》，苏州大学出版社，2003年，第145页。

性的进步。当代优秀作家大都受益于这种先锋文学潮流，尤其是 50 后、60 后的那些作家。因而，有人将 1985 年看作新时期文学的真正开始，这是不无道理的。如果说《透明的红萝卜》等一批短篇小说的先锋步伐比较谨慎的话——比较倾向于寻根文学，那么，从《红高粱》开始，莫言便在先锋的道路上左冲右突，一路狂奔起来。莫言 1985 年发表《天马行空》，这篇近似于文学宣言似的短文狂放不羁，就连语言表述也先锋性十足。《红高粱》是寻根，但更是先锋。爷爷奶奶的生命力虽然带有强烈的民族意识，但是，他们的奔放、凶悍的性格更接近尼采那种"超善恶"的个人主义英雄，历史秩序、目的也被瓦解，人以自己的身体衡量万物和世界。这和那种按照历史秩序、文化进程和目的所提倡的启蒙思想有着巨大的差异。《红高粱》的成功给莫言带来了巨大的文学声誉和社会影响，也极大地激发了他的文学热情和先锋文学精神。莫言的本性更具有先锋性。此时莫言更加自信和富有激情，在先锋的道路上继续远行，探索、反叛，锋芒毕露。然而，当他的《红蝗》《欢乐》和短篇小说《猫事荟萃》等发表之后，却遭到批评界的激烈批评。贺绍俊、王干等都撰文批评莫言。据莫言说，天津有一家报纸整版批评他。实际上，20 世纪 80 年代文坛对于先锋文学一开始就充满着犹豫和矛盾的心态。人们一方面渴望先锋的那种突破和变革，另一方面似乎又难以接受先锋的那种颠覆性。长久以来的心理习惯，使很多人都难以面对真正的先锋精神。他们眼中的先锋还是像刘索拉那样，在某种既定框架甚至古典主义原则约束下的先锋，或者像马原那样，那种仅仅在技巧上有些花样翻新、无伤大雅的"叙事圈套"，像莫言那样猛烈地颠覆传统世界观和人生观的先锋精神，那种无法无天、牛鬼蛇神、屎尿横飞的激进探索，很难被接受。几乎与此同时，他的尖锐地指向现实批判的现实主义风格的小说《天堂蒜薹之歌》，也无人问津。引人注目的青年作家，在这样短的时间里就被抛到一边，莫言不能不感到困惑、郁闷。

正是在这种背景和心境之下，莫言开始通读《鲁迅全集》，并有意模仿鲁迅进行创作。莫言说：

因为一篇《欢乐》，受到了猛烈的抨击，心中有些苦闷且有些廉价的委屈，正好又得了一套精装的《鲁迅全集》，便用了几个月的时间通读一遍。当然这所谓的"通读"依然是不彻底的，如他校点的古籍、翻译的作品，粗粗浏览而已，原因嘛，一是看不太懂，二是嫌不好看。这一次"读鲁"，小有一个果，就是模仿着他的笔法，写了一篇《猫事荟萃》。写时认为是杂文，却被编辑当成小说发表了。现在回头读读，只是在文章的腔调上有几分像，骨头里的东西，那是永远也学不到的。鲁迅当

然是天才，但也是时代的产物。他如果活到共产党
得了天下后，大概也没有好果子吃。[①]

《猫事荟萃》模仿鲁迅的散文《狗·猫·鼠》，文体、语
言腔调、意蕴等都明显留下了鲁迅的痕迹，一方面嬉笑调
侃、指桑骂槐，借动物世界讽刺人世，另一方面又涉及自
然，揭示了一个更大的世界——自然的悲剧。李洁菲很快就
发现了莫言语言上的变化——从紧张的感受性语言到从容淡
定的闲话语言，认为莫言语调有几分鲁迅味道，莫言开始
"揣摩鲁迅"[②]了。通读《鲁迅全集》，还对《酒国》以及后来
的《檀香刑》的创作构成重要影响。《酒国》有莫言深切的
现实体验，但鲁迅也给他不小的启发。《酒国》是对鲁迅的
"戏仿"和"敬仿"。据莫言自己的回忆：

> 《药》与《狂人日记》对《酒国》有影响。《酒
> 国》是1989年下半年写作的，对于巨大的社会事
> 件，每个中国人都会受到影响。作为一个小说写作
> 者，我对这一事件不可能漠然视之，也在思考一些
> 问题，尽管肤浅，但也在思考。一个写小说的人还

---

① 莫言：《读鲁迅杂感》，《会唱歌的墙》，作家出版社，2005年，第
125—126页。

② 李洁菲：《在另一面——莫言三年前的一篇小说》，《当代作家评
论》，1990年6期。

是应该用小说来发言。[1]

《酒国》中"吃婴儿"的情节设计显然来自《狂人日记》中的"吃人",金元宝起大早去卖孩子那段的笔调则明显是对《药》的模仿。《酒国》强烈的现实批判和深刻的人性反思也和鲁迅文学精神步调一致。文学青年李一斗对鲁迅精神的效法是戏仿,是对其自身的讽刺:

> 我立志要像当年的鲁迅先生弃医从文一样,用文学来改造社会,改造中国的国民性。[2]

> 在这篇小说中,我认为我比较纯熟地运用了鲁迅笔法,把手中的一支笔变成了一柄锋利的牛耳尖刀,剥去了华丽的精神文明之皮,露出了残酷的道德野蛮内核。我这篇小说,属于"严酷现实主义"范畴。我写这篇小说,是对当前流行于文坛的"玩文学"的"痞子运动"的一种挑战,是用文学唤起民众的一次实践。我的意在猛烈抨击我们酒国那些满腹板油的贪官污吏,这篇小说无疑是"黑暗王国

---

[1] 蒋异新整理:《莫言孙郁对话录》,《鲁迅研究月刊》,2012年10期。

[2] 莫言:《酒国》,上海文艺出版社,2008年,第53页。

里的一线光明”，是一篇新时期的《狂人日记》。①

李一斗最后进入酒国市的宣传部，由文学青年变成酒国市的干部，这种性格的转变，则暗示了酒国的“吃人”。酒国市足以将任何异己性的对立者消解、融化，变成它的维护者，作品中的作家莫言也经不住酒国的诱惑，在酒国大吃大喝，享受得非常惬意、舒服，则明显带有鲁迅式的自我剖析：自己也是吃过人的人。在谈到《檀香刑》的创作的时候，莫言认为，鲁迅笔下的“看客”对他有重要的启发。

在《丰乳肥臀》之后，我写了《檀香刑》，这部小说把笔触往前延伸了一下，延伸到清朝末年和民国初年，但这种“延伸”实际上是挂羊头卖狗肉：看起来是写历史，实际上在写当代。而触发我写这部小说最原始的动机，也是跟当代生活有密切关系的。就是我们都在学鲁迅，读鲁迅。我们都知道，鲁迅先生曾经批评了中国的“看客”文化，甚至他走上文学道路都跟“看客”文化有关系，即他看到一个电影里俄国人在杀中国人，周围有一群中国人在麻木地面无表情地观看。他的《药》《阿Q正传》也都写到了这一点，每当官府要处斩人犯

---

① 莫言：《酒国》，上海文艺出版社，2008年，第54—55页。

时，所有的老百姓都会出来观看，万人空巷。他们把这当作一场戏剧。①

1991年，莫言发表《铸剑》短论——《谁是复仇者？——〈铸剑〉解读》，②也是鲁院学习和阅读鲁迅的结果。据给莫言上课的吴福辉回忆：

> 1991年8月，莫言在《中国现代文学研究丛刊》第3期上发表了一篇短论《谁是复仇者——〈铸剑〉解读》。这并不是他真正的投稿，却是我当年在北京各校兼课的自然结果。莫言此文和刘震云、雷建政、李平易、王连生各一文共计五篇都发在一个栏目上，他是首篇。栏目叫作"当代作家谈现代作家"，名称现在看似陈旧了，"现代""当代"分得太清，但意思是明白的。我当时掌管《丛刊》编辑部，此期我又是责编，于是在第一次开辟的这栏目前特意加了《作家接受作为一种"读者效应"》的短文，权充编者按。③

① 莫言：《我的文学经验：历史和语言》，《名作欣赏》，2011年10期。

② 莫言：《谁是复仇者？——〈铸剑〉解读》，《中国现代文学研究丛刊》1991年3期。

③ 莫言：《谁是复仇者？——〈铸剑〉解读》，《中国现代文学研究丛刊》1991年3期。

《铸剑》很容易就引起了莫言的浓厚兴趣和强烈共鸣。首先，《铸剑》取材于神话传说，充满激情、浪漫、诡谲、传奇、象征和凶悍，体现了鲁迅极为个性的叙述风格，和莫言的魔幻现实主义叙述大体可以算作一种文学类型，都可以纳入到浪漫——现代派或先锋文学范畴之内。莫言在新文学传统中找到了自己的知音，能够增强对自己先锋性文学风格的自信。莫言不止一次地说，《铸剑》是鲁迅最好的短篇小说，超过了鲁迅的其他小说，"我觉得《铸剑》里面包含了现代小说的所有因素，黑色幽默、意识流、魔幻现实主义等等都有。"[①] 其次，对鲁迅"复仇"精神的同情性理解，并由此透视鲁迅文学精神。莫言认为，在《铸剑》里，三颗头颅之间搏斗的情节：

> 在先生的笔下，的确具有了物外之意，他们既是头又不是头，既是剑又不是剑，既是人又不是人。是一种黑色的冷冰的精神。是一种冷得发烫，或热得像寒冰一样的精神！这是一篇冷得发烫的小说。而这种精神，恰恰就是鲁迅的一贯的精神，一种复仇的精神。[②]

---

① 蒋异新整理：《莫言孙郁对话录》，《鲁迅研究月刊》2012年10期。
② 莫言：《谁是复仇者？——〈铸剑〉解读》，《中国现代文学研究丛刊》1991年3期。

他认为，鲁迅就是一个复仇者，黑色人是鲁迅精神的典型化：

> 每读《铸剑》，我急[即]感到那黑衣人就是那满脸棱角、下巴突出、蹶着胡子的冷漠的鲁迅。鲁迅把对仇敌的刻骨深仇、通过宴之敖者的形象描画展现了出来。鲁迅的一生风格与宴之敖者极其相似，那就是"冷"。他到了晚年，确实已到了杀人不见血的狠劲，用惯常的话说，黑衣人报仇复仇的行动过程中，体现了鲁迅的"稳、准、狠"的精神。那家伙是个天才的复仇专家，令人赞佩之极。这是鲁迅精神的典型化。①

鲁迅又是"看透了的英雄"，这种"看透"是鲁迅之为鲁迅的重要因素：

> 对一个永恒的头脑来说，一个人一生中的痛苦和奋斗只不过是个笑话而已。黑衣人是这样的英雄，在某些时刻，鲁迅也是这样的英雄。唯其如此，才能视生死如无物，处剧变而不惊。鲁迅是一

---

① 莫言：《谁是复仇者？——〈铸剑〉解读》，《中国现代文学研究丛刊》1991年3期。

个时时陷在绝望心境中的作家，希望对于他，只是
无边的黑暗大海上的一线光明。①

这种虚无的悲剧感作为鲁迅文学的重要因素与莫言产生
巨大的共鸣，对莫言构成巨大的影响。深入思考莫言作品，
那种深沉的悲剧感中包含着一种虚无感，两者混合，构成巨
大的美感张力。

三、"《丰乳肥臀》事件"与《读鲁迅杂感》

1995 年莫言发表《丰乳肥臀》并获大家 · 红河文学奖
十万元。《丰乳肥臀》很快引起文坛的关注和讨论，但令莫
言始料不及的是，竟然出现了一批"文革"式的大批判文
章，激烈指责《丰乳肥臀》的历史叙事和政治立场。这些大
批判的主要来源是 1996 年《中流》的文章：彭荆风的《〈丰
乳肥臀〉：性变态的视角》《文学自由谈》（1996 年 2 期）、
《视觉的瘫痪——评〈丰乳肥臀〉》（《文艺理论与批评》1996
年 5 期）、《莫言的枪投向哪里？——评〈丰乳肥臀〉》（《求
是 · 内部文稿》1996 年 12 期）、《莫言的投枪——评〈丰乳
肥臀〉》（《中流》1996 年 7 期），陶琬的《歪曲历史，丑化

---

① 莫言：《谁是复仇者？——〈铸剑〉解读》，《中国现代文学研究丛
刊》1991年3期。

历史——评小说〈丰乳肥臀〉》(《中流》1996年7期),汪德荣的《浅谈丰〈丰乳肥臀〉关于历史的错误描写》(《中流》1996年7期),赛时礼的《评小说〈丰乳肥臀〉》(《中流》1996年9期),《中流》记者的《文坛的堕落和背叛——山东高密战斗过的老红军、老八路看〈丰乳肥臀〉》(《中流》1996年12期),李丛中的《批评〈丰乳肥臀〉之后的感慨》(《中流》1997年9期),《听大家的,还是听大家的》(《中流》1996年12期),《大家对〈丰乳肥臀〉的评语》(《云南当代文学》1996年8月32期,《中流》1996年11期转载)。莫言说:

> 《丰乳肥臀》受批评时,我还在军队工作,上级很快追查下来,并且成立了两个审查小组,每个成员分一章,连夜突击阅读《丰乳肥臀》,试图做出结论。他们让我做检查。起初我认为我没什么好检查的,但我如果拒不检查,我的同事们就得熬着夜"帮助"我,帮助我"转变思想"。我的这些同事,平时都是很好的朋友,他们根本就没空看《丰乳肥臀》,但上边要批评,他们也没有办法。其中还有一位即将生产的少妇,我实在不忍心让这位孕妇陪着我熬夜,我看到她不停地打哈欠,我甚至听到了她肚子里的孩子在发牢骚,我就说:同志们,

把你们帮助我写的检查拿过来吧。我在那份给我罗列了许多罪状的检查上签了一个名，然后就报到上级机关去了。第二天，我们的头儿找我谈话，说光写检查还不行，必须要有实际行动。我说您指的实际行动是个什么行动？他说，你能不能给出版社写一封信，以你个人的名义，要求出版社停止印刷这本书，已经印出来的要封存销毁。我说要禁你们去禁，我自己不能禁自己的书，但我们领导知道我的弱点，就再次组织我的同事们帮助我，其中当然还有那位少妇，我这个人意志薄弱，一看到那孕妇，我的心就软了，我想，不就是一本书吗？禁就禁吧，与她肚子里的小孩子比，我的《丰乳肥臀》算什么？于是我就给出本书的出版社写了一封信，请他们不要加印，印出来的也要销毁。①

莫言也因此离开了部队，甚至间断了自己的创作。有一年多的时间，莫言几乎没有什么作品发表，直到1997年下半年才逐渐有所恢复。

但是莫言的内心充满了不平和愤怒。他写下了《读鲁迅杂感》，总结了自己阅读鲁迅的过程，借鲁迅酒杯浇灌心中

---

① 莫言、吉田富夫：《丰乳肥臀答问》，《小说的气味》，春风文艺出版社，2003年，第68页。

块垒，以《狂人日记》般的"吃人"体验，以"疯言疯语"的狂人姿态，揭示"大跃进"及"文革"的"吃人"，痛斥现实中依然存在的"文革"思维和心态，同时也显示出他对鲁迅精神的认同和坚守。在《读鲁迅杂感》中，莫言回忆自己七八岁时第一次读《狂人日记》的恐惧心理，并以一个卖狗肉的傻子，把当时的"饥饿"与"吃人"联系起来。莫言说：西村有个姓庄的哑巴，也是个傻子。由于是残疾人，即使在那个特殊的年代，由于习俗的原因仍然可以卖狗肉。当时普遍饥饿，就有人说庄傻子的狗肉是人肉。因为饿死的人很多，弄到人肉比弄到狗肉更容易。但是，最后证明傻子卖人肉不过是传闻而已，人们依然爱吃狗肉。

> 我在"文革"中的一个大雪纷飞之夜，曾替一拨聚集在一起搞革命工作的人们去哑巴家里买过狗肉。天冷得很，雪白得很，路难走得很，有一只孤独的狗在遥远的地方里哀鸣着。我的心中涌起了很多怕，涌起了怕被吃掉的恐惧——这又是在玩深沉了。①

傻子卖人肉虚虚实实，真真假假，和《酒国》里的"吃

---

① 莫言：《读鲁迅杂感》，《会唱歌的墙》，作家出版社，2005年，第124页。

婴儿"一样,是雾中之花,朦朦胧胧,难以确定,但其象征的意蕴则是非常清晰的:"大跃进"及"文革"的"吃人"。然后,莫言以一贯具有的狂言疯语,痛骂文革造反的红卫兵。莫言说:

> 其实,即使是在"文革"那种万民噤口、万人谨行的时期,无论在民间还是在庙堂,还是有人可以口无遮拦、行无拘谨,这些人是傻子、光棍或者是装疯卖傻扮光棍。譬如"文革"初期,人们见面打招呼时不是像过去那样问答,"吃了吗?——吃了。"而是将一些口号断成两截,问者喊上半截,答者喊下半截。譬如问者喊:"毛主席——"答者就要喊:"万岁!"一个革命的女红卫兵遇到我们村的傻子,大声喊叫:"毛主席——"傻子恼怒地回答:"操你妈!"女红卫兵揪住傻子不放,村子里的革委会主任说:"他是个傻子!"于是就像什么也没发生一样。①

而对于批判他的那些人,莫言则使用了鲁迅语言"正人君子"和鲁迅散文诗《聪明人和傻子和奴才》进行嘲讽。文

---

① 莫言:《读鲁迅杂感》,《会唱歌的墙》,作家出版社,2005年,第124页。

章的结尾，却是一种自嘲、反讽和幽默的笔调：

> ……我读了鲁迅后感到胆量倍增。鲁迅褒扬
> 的痛打落水狗的精神我没有资格学习，但我有资格
> 学习落水狗的精神。我已经被你们打落水了，但可
> 惜你们没把我打死，我就爬了上来。我的毛里全是
> 水和泥，趁此机会就抖擞几下，借以纪念《丰乳肥
> 臀》发表一周年。①

---

① 莫言：《读鲁迅杂感》，《会唱歌的墙》，作家出版社，2005年，第126页。

莫言文学与二人转

前两天，看到莫言写的《〈红高粱〉与二人转》，颇感意外。莫言的主要作品包括他的那些散文，我几乎全都读了，从没看到莫言提过一句二人转，也没见过莫言在任何媒体上谈二人转，怎么忽然把自己大名鼎鼎的经典《红高粱家族》与二人转联系在一起了呢？也没听说莫言和东北、和二人转有什么特别的密切关系，刊载这篇文字的杂志是《语文教学与研究》（2014 年 6 期），主办单位是华中师范大学，是面向中学语文教育的杂志，和东北二人转完全是风马牛不相及，和东北也毫无关系，不像是应酬之作。读完了两段之后，忽然缓过神来，豁然开朗，这就是莫言，是莫言式的睿智，是莫言式的自由，也是莫言式修辞的魅力所在。

这篇文章是向中学师生介绍"红高粱"的构思和结构，莫言要用通俗易懂的方式把要旨说得清楚明白，于是，他就用更通俗的普遍性更强的二人转来说。莫言说，"红高粱"本来是由几部系列中篇构成的，并不是严格意义上的长篇小

说，为什么又可以变成一部长篇小说呢？关键是小说设置
的视角。"红高粱"是"我"——儿童视角，又串联、组合
了"我爷爷""我奶奶""我父亲"这样一种复合视角，这样
一种以儿童和祖先相互转换、混合的多重视角，就使"红
高粱"获得了巨大的叙述自由，可以自由翱翔，穿越时空。
这种叙述自由也是莫言多次谈论"红高粱"时一再强调的
自由。

　　莫言忽然想到二人转，"有一年我去东北看'二人转'，
突然感觉二人转这种形式就是长篇小说的结构模式。就跟
《红高粱》的结构模式都很像，就两个人在台上，两个人一
会儿进入了唐朝，一个扮演李世民，一个扮演程咬金，两个
人对唱。突然又进入当下的场景，……我想，二人转的演员
在小小的舞台上，两个人不断地跳进、跳出，构成了两个叙
事空间：一个是舞台进行时的他们，两个演员之间的交流；
一个是他们作为一个演员和台下观众的交流；一个是他们所
进入了他们所演唱的历史故事当中，这种历史的、他们所扮
演的人物与其交流，实际上有三个叙事的层面。"熟悉二人
转的人都知道，"二人转"是一种素朴的民间艺术，没有昆
曲、京剧那样复杂的表演程式，它主要就是一旦一丑的二人
表演。这是二人转的局限，同时，也是"二人转"的自由：
"千军万马，全靠咱俩"。一旦一丑两个演员必须不断转换视
角，才能完成叙事、表演，才能控制现场、调动观众，这就

使他们在古今中外，在观众与演员之间，穿梭走动，时而进入故事、进入角色——"跳进"，演员变成了故事中的角色，以演唱或表演推进故事，惟妙惟肖，声情并茂，让你身临其境，时而又中断故事——"跳出"，回到现实，他还可以对故事、人物发表一番评论、调侃，或来一段插科打诨的说口，或者再和观众来一番沟通。灵活机动，不拘一格，不同的演员完全可以根据自己的表演特点转换视角，跳进跳出。这的确和《红高粱家族》那种打破时空限制、打破传统小说叙事程式的先锋叙事具有更大的相似性。

然而，结构的自由并非仅仅是一种纯粹的形式，无论是对于莫言，还是二人转来说，它都不是一个空洞的架子摆在那里，怎样写和写什么，与怎样演、演什么总是水乳交融，难以完全割裂、撕开的。自由的结构，同时伴随着内蕴、精神上的自由。

不同的作家有不同的自由，对自由的不同理解，往往是区分凡庸作家与天才作家的重要尺度，凡庸作家的自由往往是对既定规则、规律的发现，他们认为人生、世界有一个客观存在的价值，他们皈依了这种价值，就是发现了生活、人生中绝对牢固的价值，就掌握了本质或规律，就获得了自由。莫言式的自由则是天马行空的自由，是离经叛道的野性难驯的自由，是极富挑衅、挑战性的自由。他必须要对那些所谓牢不可破的客观价值进行叩问、颠覆，要把它踏烂、捣毁，他要往上帝的金杯里撒尿，要在太岁头上动土，要像汹涌的河水冲毁堤坝，就如同鲁迅的诘问：从来如此就对么？莫言的"红萝卜"是一个美丽而奇谲的起跑，它释放出一个黑色精灵——黑孩儿，他以沉默无语对抗着整个世界，显示出一种无声的力量，沉默的咆哮。然后，这黑色精灵化成无边无际的血海般的红高粱，各种势力和各路人马齐聚高粱地，他们超善恶，既英雄又王八蛋，既团结抗日又相互厮杀，炮火硝烟，脑浆迸裂，肠子肚子满地流淌，扒人皮，血腥残酷。大地和生命裸露着滴血的牙齿。爷爷、奶奶狂野不羁，杀人放火，敢恨敢爱，在高粱地里野合，一任自我心灵的呼唤，就如同孙悟空大闹天宫，传统的道德礼法、政治正确与历史进步，在雄强而激情的生命力的冲击之下，荡然无存，只有那英雄的气概才是人生最值得仰慕的光芒。"千人坟"这种细节气魄宏大而高远，它让历史、文化的所有规划全部落空，把一切还给大地，落了片白茫茫的大地真干净。在《红高粱家族》之后，他写出了苦难重压下生命颓败的母亲（《欢乐》），屎尿横飞，把大便与香蕉放在一个盘子里（《红蝗》），"大闹天堂县"（《天堂蒜薹之歌》），"吃婴儿"——在酒国市拷问人性的贪婪和残酷（《酒国》），直至《檀香刑》的酷刑叙事。这种宽阔而凶猛的自由，显然，与二人转具有更强烈的更深沉的共鸣。

二人转是东北的民间艺术，散发着东北大地的原始野性，是东北老百姓的野性娱乐，这也是许多学者喜欢用巴赫金的狂欢理论来阐释二人转的重要原因之一。不是也有学者用狂欢理论阐释莫言小说吗？这是偶然的巧合还是两者之间原本就有相似之处？还有，莫言有作为老百姓写作的民间情怀，这是不是也是他认可二人转的一个原因呢？还有，东北文化与山东文化原本就有血肉相连的一面，有百分之六七十的东北人祖籍山东，他们都是闯关东过来了。我没做过调查，凭直觉就可以断定，二人转演员里的山东人的后代不会少，说不定他们的祖先就有来自山东高密东北乡的。爷爷、奶奶的精神，也正是当年山东人闯关东的精神。莫言在东北看过二人转，或许在茶余饭后也和朋友乃至东北的朋友谈论过二人转，从他的那种幽默、诙谐、善于自嘲的文笔上看，估计他也没少在电视上看赵本山、范伟、潘长江等人的节目，开怀大笑的时候也不会少，特别是在二人转剧场里的山呼海啸般的狂欢、沸腾，以他小说家的敏锐和睿智，一定会嗅到二人转的野性气味和更丰富的民间气息吧。

其实，二人转也并非仅仅是赵本山等主流媒体的二人转，二人转是一个很大的生态，也许它是中国当代生态系统最丰盈、饱满、旺盛的民间艺术，赵本山仅仅是一个点或代表一个方面，在赵本山等人的背后是更多的风格各异的二人转演员，是更深厚广大的二人转传统和精神。从大城市的剧场、小城镇的剧场到民间聚会的广场，从大饭店、娱乐城到各种企业、机构的大大小小庆典仪式，再到民间的婚丧嫁娶等活动都活跃着二人转演员的身影。它凝聚着东北大平原的粗犷、大气苍茫，浇筑着东北大森林的勃勃生机。这里面有迷狂的萨满教的基因，也有东北原始文化的血脉。东北著名二人转学者杨朴就从二人转看到了原始人的"圣婚仪式"。这种更为民间的二人转，你可以说它不成熟，难登大雅之堂，你也可以说它粗俗、下流、龌龊，但是，你无法忽视它的那种来自草野的无法无天的狂欢、迷狂的力量。这些不起眼的、粗俗不堪的二人转，蕴含着一种活的生命的力量，是奔腾不息的生成性存在。写这篇文章的时候，忽然我就觉得，《红高粱家族》中的爷爷、奶奶的性格，和那些站在台上的二人转演员性格相当契合，那高粱地的气势，和东北的大山深林遥相呼应。男丑角那种扮相是一种极大的分裂性戏谑，把令人意想不到的服饰搭配在一起，一半是人，一半是兽、是鬼，给人一种上天入地的晕眩感。女主角则浓妆艳抹，大红大绿，鲜艳夺目，火辣放浪。两个演员之间调侃、戏谑，打情骂俏，动手动脚，污言秽语，却机智幽默，含沙射影，泥沙俱下，汹涌澎湃。从皇帝老儿到公爹、婆婆、小姨子，管你是政治正确、伦理礼法，还是红色经典、古代经典、明星大腕儿，全都一勺烩，一律拿来下酒娱乐。男丑角穿着旗袍，戴着假发，踩高跟鞋，像俄罗斯壮妇，却手提小花篮，演唱刘巧儿绞线，开头第一句就是：巧儿我自幼儿许配大家！二人转也喜欢用特殊的视角调侃，就像莫言有时用傻子、疯子叙事一样，他们喜欢模拟傻子来表演，把世人的华丽外衣全都撕得粉碎。敢于在自己的艺术里屎尿横飞、高粱地野合，大胆冒犯、亵渎的，除了莫言也就是二人转演员了。

（《吉林日报·东北风》，2014 年 7 月 17 日）

先锋的民间与民间的先锋

——再谈莫言文学与二人转

莫言文学与二人转有一个非常明显的交叉地带，那就是民间，也有一定的相似性，都有先锋性。莫言是纯文学作家，二人转是民间艺术、大众化艺术，两者走的不是一条道，然而，历史的机缘、文学艺术的深邃本性却使他们在一个宽阔的地带产生了不小的共鸣。

作为纯文学作家，莫言的民间性有两个相互牵连的来源和表征。它首先来自于题材本身。莫言是乡土作家，其叙述对象主要是他的故乡山东高密东北乡的乡村生活。莫言青少年时代一直生活在高密东北乡，直到十九岁才参军离开家乡。高密东北乡的风俗人情已经融入他的血液，是他生命的一部分，也是他写作的源泉和力量。他把家乡看作自己的血地。当他将故乡写在纸上的时候，无论用怎样的技术和方法，故乡风物和人心便会活跃起来，其民间性也会自然而然地涌现、流淌。我们知道，作家的创作不是被动地适应题材，而是一种更具自主性的想象、创造，但是，其题材本身所蕴含的文化气息对其思想、作品内蕴等仍然有相当的影响。这种情况和很多地域色彩极为丰富的作家是一样的。老舍虽然不是民间作家，但由于其无法磨灭的北京底层市井生活经历、情感积淀，和长期对北平的叙述，北平市井文化对他构成了决定性的影响，从而使其创作具有浓郁的北平民间色彩。沈从文也不是民间作家，但由于在生活、创作上和湘西的密切关系，从而使其创作弥漫着湘西民间文化的气息。同理，一些地域性很强的作家很容易具有民间文化精神。

其次是浪漫主义、先锋文学精神视野中的民间。这是莫言更独特更具创造性的地方。我更倾向于将莫言看作一位具有持续爆发力的先锋作家，这不仅仅是因为他的魔幻性想象和不断花样翻新的文体魔术，也不仅仅是他那恣肆越轨的感官放纵——这些都是表面上的，更重要的是他对人、世界的理解。莫言文学所呈现的世界是没有结构的破碎的世界，人们所熟悉的具有固定方向和稳固的意义的世界被颠覆。莫言的历史犹如脱缰的野马，自由奔驰，莫言的现实则变成了没有路标的苍茫原野。与此相应，莫言对人的叙述则更多地着眼于作为个体的生命的人，而不是有头脑、善于思考的人。是叔本华、尼采所说的涌动着欲望、意志和生命力量的人，是弗洛伊德所分析的被潜意识支配的人。在莫言的笔下，理性不过是人性的一部分，但并不是最大部分，更不是具有决定性的部分。从浪漫主义、先锋叙事的角度看，莫言文学照亮了另外一个世界，另外一种人生。在那些偏僻蛮荒、边缘地带，在被常态思维、思想忽略、压抑的地带，存在着更为道德、本真的人生、世界，恰如卢梭所说"高尚的野蛮人"，也像尼采所说的酒神人生。这种与理性世界——常态世界相对抗的叙事，直接导致了莫言文学蔑视、对抗"庙堂"的叙述。"在我看来，'民间'的意义应该是在和'庙堂'的对抗中获得，是作为'庙堂'的对立面而存在的。"（莫言、杨庆祥：《先锋·民间·底层》，《南方文坛》，2007年2期）这种与"庙堂"对峙的民间，是生命的和生存的民间世界。《檀香刑》《生死疲劳》等作品对民间艺术的自觉借鉴倒未必是最深层的东西。莫言提出"作为老百姓写作"，是躲避"为老百姓写作"的庙堂叙事的策略，是对知识分子良知、进步叙事的怀疑，也是以生命尺度衡量人生、世界的必然结果。当他以一个普通的个人身份来看世界的时候，他就打开了生命的眼光，面对茫茫的世界，他不可能再有世界的控制者、掌握者、引领者的居高临下的神圣感觉和自豪，只能让他谦卑、敬畏，上帝的目光和自以为拥有上帝的目光都是虚妄的，不存在的，人们所面对的世界只是他的立场和他的眼睛看出来的世界，除此之外，别无其他。这和尼采的视角主义殊途同归。一切有关世界的感受、认识都是特定个人的特定视角的产物，没有一个笼罩一切的万能视角。概括起来，莫言的生命的生存的民间，大致有这样几种倾向交织在一起，一种是如同"红高粱"那样的生命力弥漫的民间人生，一种是如同《天堂蒜薹之歌》中的被压迫的苦难的民间，再有就是近似于叔本华的那种充满着欲望的民间。像"红萝卜"这样的作品，将神秘、魔幻的河水注入历史，从而改变了被伤痕文学、反思文学和改革文学规划的世界，浮现出一个被压迫的饥饿、苦难的生存状态，和原始欲求的民间世界图景，黑孩儿、小石匠、菊子姑娘、老铁匠、小铁匠等冲突呈现了生命欲望的盲目。

二人转是纯粹的东北民间艺术。在文人戏曲为主导的中国戏曲中，属于许多边缘化的地域性的小型戏曲之一种。二人转虽然号称有二三百年的历史，但它的足迹仍然是模糊不清的，这也是它长期不被主流文人戏曲重视的一个证据，高居庙堂的文人雅士不会关注它，更谈不上为它树碑立传。现在像赵本山那样的全国著名演员，也未必能够顺畅地被文人戏曲认可，这或许是民间艺术与庙堂艺术之间永远难以弥合的断裂。但是，这种地域性、边缘性又是它和最底层的广大民众融为一体的关键。二人转的演员是来自民间的艺人，是普通的农民或其他底层者，是为了生存或命运的召唤而成为演员的，他们往往有一个土得掉渣的绰号，和农民给自己的孩子起名"狗剩""拴柱"近似。这种生存状况决定，他们无意承担什么艺术使命和社会责任，尽管二人转演员都强调自己的职业道德——戏德，但只要多看几场二人转你就会知道，那只是害怕得罪观众、砸了饭碗的自我约束，二人转演员基本上是生存主义和唯快乐主义。赵本山说二人转就是快乐，正是二人转演员的最大使命。二人转的作品是民间艺人集体创作，大家创作，大家演出，根本没有个人创作的概念，一部作品在不同演员那里会有很大的差异。二人转演员模仿、改编、演出文人戏曲的那些成本大套的正戏，是一个地方化、民间化的过程，是以民间融化庙堂的过程，是以俗化雅的过程。二人转的传承方式是师父带徒弟，是口耳相传、心领神会，和艺人之间的交流、切磋。二人转的观众主要是农民和少量的市民，乡村、小镇和大城市里边缘地带、城乡交叉地带，是二人转活跃的区域，它的舞台是因陋就简，庄稼院、田间地头、打粮晒粮的场院、集市、庙会的空地、深山矿工的工棚里、大车店、牛棚马圈、饭店食堂、洗澡堂子、小茶馆、夜总会，等等。二人转的演出追求那种吸引观众、与观众沟通乃至与观众打成一片、融为一体的效果，直到现在的城市剧场二人转也仍然如此。

二人转这种民间性特征，如果从主流、正统文化、文人戏曲的美学尺度去衡量的话，它是低级、粗陋、落后的戏曲形态，但是，如果我们调整一下立场，从民间文化本身，从生命美学的角度去看，它的这些所谓弱点就变成了它的优势或长处。没有被主流文化重视，使其更多地存留着民间生活的自然状态和生命诉求的本然性，较少地被主流正统意识污染；没有文人的艺术加工，没有变成昆曲、京剧那样的大戏，使它没有繁复、固定、僵化的艺术程式，这就使它更为自由。这种自由不仅有利于它适应各种社会、历史环境，具有顽强的生命力，同时也使它能够更大程度地拓展自己的艺术表现空间。从后者看，二人转的自由又近似先锋文学的自由精神。

在戏曲体式上，二人转不拘格套，求新求变，不断打破常规，永远处在生成状态。它属于反本质主义的艺术，非逻辑的，就像山间溪水，是不规则的运动，像雾像雨又像风，拒绝定型，以"无"为大，无中生有。如果说莫言是小说文体的魔术师，二人转演员则是民间戏曲程式的魔术师。一旦一丑，跳进跳出，变化多端。有学者以为当代二人转综艺化背离了二人转传统，其实，这恰恰是二人转的民间先锋性体现，它打破了以歌唱、舞蹈叙述故事，以情节、塑造人物为主体的传统二人转模式，非情节、非人物，把表演变成了一堆不规则的碎片，自由发挥。有的善于"说口"的二人转演员，甚至一句都不唱，从始至终都在说，一个包袱接着一个包袱，把诙谐、幽默、自嘲、讽刺发挥得淋漓尽致；二人转变成了一种像是相声又不同于相声的语言游戏；善于耍"绝活儿"的二人转演员会把自己的演出变成一场令人惊异的杂技表演；善于歌唱的二人转演员则会发挥自己的歌唱才能，不仅唱二人转传统曲目，还唱其他戏曲、戏剧的片段、唱外国歌、流行歌曲，此歌唱非专业歌唱家那种歌唱，当这种歌唱作为一种元素镶嵌在二人转的结构之中的时候，就会使整个二人转味道发生变化，同时，歌唱本身也让人感到了一种新鲜、异样的感觉，并非单纯的模仿。小品化的二人转或许是二人转的当代创造。它模仿小品却超越小品，是二人转喜剧本色的当代表征。传统二人转基本上是男丑女旦，讲究"包头的一条线，唱丑的一大片"，又说"三分包头的，七分唱丑的""一尺包头的，一丈唱丑的"。这是强调唱丑的男演员要有更深广的艺术功底，但是，当代二人转发展出一种女丑男旦的表演，女由旦变丑，女丑的"说口"、表演占据主导地位。也有女丑不丑的，即女演员非常漂亮，而且并不把自己化成丑装，却能够发挥男丑的表演才能。总之，二人转的各种元素及其组合都是可变的，求变的。

在精神内涵上，二人转更是具有强烈的先锋性自由精神。它以狂欢化的娱乐颠覆、消解主流正统文化的本质、规范，将固有的世界秩序推翻、搅乱，尽情娱乐，在娱乐意志、激情陶醉中获得一种生命的飞扬。尼采说，古希腊的酒神精神是希腊人意识到生命有限、悲剧的本质，才爆发出酒神的激情、意志和力量，并由此获得一种自由、解放的精神体验。用这个道理说二人转也并不显得隔阂，用巴赫金的民间狂欢理论来说也同样不隔。二人转是以喜剧性为主，二人转演员一般不会直接倾诉悲哀、苦难，真正苦难之中的人也许未必天天喊苦，但传统二人转仍然有悲剧意识，有流传广泛的所谓"悲调"，像《哭七关》这样的悲调似乎是来自于民间的丧葬仪式。它为死去的亲人——鬼魂祈祷平安，却倾诉了人生的苦难，是二人转的生存悲剧体验，但是，二人转更多的是"悲剧喜唱"，是"苦中作乐"，它以激情四射的娱乐意志达到一种忘我的醉感，以缓解现实生存的痛苦和悲哀。二人转演员表演追求沸腾的现场效果，他们让观众参与演出，把观众请到台上，他们能够走下舞台，来到观众中间进行表演，能把观众的情绪充分调动起来。它的狂欢具有很强的身体叙事特征。它追求的是赤裸裸的感官刺激，尺度非常宽，是近乎本能的释放、宣泄，挑战、冲撞伦理禁忌，近乎尼采的超道德，其奔放不羁的身体想象力和语言艺术令人叫绝。莫言的感觉、语言参差不齐、荤素皆备、泥沙俱下，二人转的身体语言、表演则如泥石流一样，轰轰隆隆，呼啸、汹涌而来。这种身体叙事对于主流文化和文人雅士的虚伪是不小的冲击，二人转黄绿之争也就是由此产生的。个人以为，对于二人转这种民间艺术不应该过于苛责，也没有必要用文人戏曲的伦理、审美标准去衡量，应该充分尊重二人转作为民间艺术的本性。

下　篇

《红高粱家族》与莫言小说的基本结构

《红高粱家族》既是莫言的代表作，也是 20 世纪 80 年代长篇小说的经典性作品。如果说《透明的红萝卜》《白狗秋千架》等是莫言的漂亮的起跑，"红高粱"则是他辉煌崛起的标志。这不仅仅是因为"红高粱"被张艺谋拍成电影并在社会上产生广泛的影响，更重要的是"红高粱"的叙事，具备了莫言小说叙事的基本结构和几乎全部的因素：酒神叙事。它是莫言创作的一个"情结"，一个内在的巨大推动力，后来的莫言创作往往自觉不自觉地回顾"红高粱"，然后再向前突进，或者说莫言的主要作品往往是这种基本结构的重写或改写。这里首先对《红高粱家族》的酒神叙事结构进行详细的分析，然后，分析它与莫言后来其他主要作品的关系，即看它是怎样被不断重写或改写的。

一

莫言《红高粱家族》发表后不久，评论界就发现其强烈的酒神精神，但是，20世纪80年代的启蒙文化理性，似乎又让批评家对这种反理性的酒神精神心存顾忌，一方面热烈地指认它，赞美它那大胆、叛逆的自由解放，另一方面却又有所保留，或有所回避，尽量把它安放在反思、背叛传统的轨道上，以控制它的历史方向。1987年，季红真就敏锐地指出《红高粱家族》的酒神气质，同时，强调莫言的矛盾性，用隐忍的英雄来平衡极端的酒神精神，并且对尼采流露出一丝轻蔑，"尼采倾以强力意志对人世苦难的承受，结果他疯掉了；叔本华主张对欲望的克服，结果灵魂被绑缚在自己理论的十字架上，接受后人的审判。而莫言则兼有着肯定与怀疑这两种精神，他既蔑视着陈规陋法，强烈地抗争着非人的现实束缚，又极重视自然人性真实合理的伦理现实，赞美那些隐忍的英雄。"[①]1989年，陈炎更为大胆地以尼采的酒神精神肯定莫言：

爱，如火如荼；恨，咬牙切齿；生，自由自

---

① 季红真：《忧郁的土地，不屈的精魂》，《莫言研究资料》，天津人民出版社，2005年，第213页。

在；死，壮烈辉煌……这就是《红高粱家族》的人生境界。——爷爷那叱咤风云的气魄，奶奶那如饥似渴的爱情，父亲那胆大妄为的野性。这使我们很容易联想起尼采那富于挑衅的话语："最美好的一切都属我们和我自己，如果不给我们，我们就去夺取，——夺取那最优质的食物、夺取那最纯净的天空。夺取那最强健的思想，夺取那最美丽的女人！"于是，在这个不断创造、不断毁灭的世界上，生命为了得到自由的扩展和增殖，便不惜孤注一掷，以死相拼了。因此无论是在尼采还是在莫言看来，生命的意义都不在于活得长久、活得安全，而在于活得伟大、活得潇洒、活得有气魄。[①]

此后，酒神精神便和《红高粱家族》坚实地联系在一起，变成了阐释《红高粱家族》的重要符号。但是，陈炎等仍然将莫言牢牢地固定在 80 年代文化启蒙的历史理性之中，特别强调反抗传统、现实压抑的现代性诉求，并没有充分意识到"红高粱"酒神叙事的丰富性、复杂性，没有注意到这种酒神精神与莫言全部创作的深层联系。现在看来，酒神精神之于莫言，不仅仅是启蒙的问题，它是莫言情绪、思想和

① 陈炎：《生命意志的弘扬，酒神精神的赞美——以尼采的悲剧观释莫言的〈红高粱家族〉》，《南京社联学刊》，1989年，第1期。

文学的最坚实的结构，是莫言之所以成为莫言的最具活力的生命力量。

《红高粱家族》是典型的尼采式酒神叙事，它包含着两个相互联系的重要内容：一个是爷爷余占鳌、奶奶戴凤莲等的狂野、叛逆的英雄气概，一个是历史：混乱、动荡而无序的乡村生活，各种势力相互角逐、冲突的历史状况。这两个内容是尼采的酒神人生观和世界观的一体两面，缺一不可。在尼采那里，上帝死了，从苏格拉底到启蒙运动尊奉的理性是值得怀疑的，试图用合理性来证明人的价值和意义无法获得成功，我们以往依靠知识、理性及道德所建立起来的生活秩序是虚妄的，它们不过是笼罩在"大地"上的虚伪的幕布，应该摧毁、揭去，人在道德方面与其说是具有理性自觉的存在，还不如说是一种更为本能的更具生命活力的动物，与其说人靠思考而存在，还不如说靠意志、情绪甚至身体，直面"大地"——酒神世界的生命存在。在"大地"上，生命意志无所不在，激情勃发，自由自在，为所欲为，相互碰撞，这才是新的真正的世界，也是创造新价值的最好的用武之地。尼采摒弃了叔本华生命意志在伦理方面的负罪感，将生命意志升华为酒神精神，一种极具攻击性的生命力量。既然世界没有事先预设的规定性，没有固定的目的和意义，人只能勇敢地面对这个世界，打破一切束缚、规则，自己创造自己。唯有英雄的不屈斗志，才是世界的最高价值。世界的荒凉、芜杂，甚至是残酷的血腥的，但是，不必害怕，这恰恰是英雄狂歌曼舞的宽阔舞台，而且世界的意义也仅仅是英雄自身。

酒神叙事是一种生命叙事。生命叙事是对理性叙事的颠覆，只有把生命叙事放在与理性叙事相对立的位置才能理解它。理性叙事是指一种对既定价值规范的认可、皈依，它相信世界、人生存在着必然性的必须遵循的规则和价值，它们来自世界固有的结构。在认识论上，它的突出特征是发现世界的结构、秩序和事物的稳定的本质性，它对原有结构的颠覆是为了重新结构。在伦理学上它将个人的价值和意义的实现看作对世界结构的皈依。如现代性被认为是合理化的历史过程，它将人生、世界系统化、目的化，将时间赋予意义和价值，人生、历史被看作一个朝向具有更高一级目标的行动过程。这个过程也许存在着令人难以想象的曲折和艰难，但是，最终总会达到的。生命叙事则是一种对任何价值规范的怀疑和反动，它将人生、世界零散化和动态化。它是怀疑主义的，生命主义者认为世界是生生不息的运动状态，缺乏明确的方向性或合目的性，否定事物存在着一个客观的确定的结构，否定以上帝、理性的视角看世界，否定世界及其各种事物的系统化和目的性，它特别强调个人视角，把个人对世界、人生的认识，看成是合理的，它总是颠覆、解构，却无意重构，就在这个过程中体验着反叛性的自由。在伦理学上，他们强调个人选择的绝对性，既然世界、人生没有统一的结构和价值规定性，那么，个人选择就是无法躲避的必然。从西方文化看，18世纪的理性主义是理性叙事，后来的浪漫主义是属于生命叙事。盛行于西方16世纪末期到17世纪中期的巴洛克艺术风格也属于生命叙事，可以看作浪漫主义的一个前奏曲，它反抗古典主义的整齐对称，对规则不以为然，注重事物的变化和运动，在很多方面都显得狂放不羁，充斥着混乱零碎的感觉。浪漫主义像一条大河，在19世纪中期以后，衍生出各种风格的反理性叙事。相对于本质主义而言，反本质主义的观念是生命叙事的，相对于结构主义而言，解构主义则是生命叙事的。在中国，儒家文化是理性叙事，道家文化则是生命叙事。在生命叙事的内部，又可以分为两种叙事风格：一种是柔性生命叙事，它以超然宁静的心态坚守自我，注视着纷纭的世界和人生，虽然蔑视理性叙事，但是，不至于与之直接发生激烈的冲突和对抗，它对理性叙事的颠覆性也很容易被弱化，甚至被同化，中国道家文化是这种柔性生命叙事，世界性的普遍的浪漫主义的田园牧歌传统，也属于这种柔性生命叙事。另一种则是刚性生命叙事，它热烈、奔放，激情四射，崇尚力量，并带有猛烈的攻击性和爆炸性，直接对抗理性叙事。在浪漫主义运动中，拜伦、雪莱、普希金等被称为具有魔鬼主义倾向的激进浪漫主义者是最具有刚性的生命主义者，尼采的酒神叙事应该是这种刚性生命叙事的一个高峰，他把古希腊早期充满野性的生命激情和力量转化为强硬彪悍的权力意志，要掀翻西方从古至今的价值基础，裸露出存在的残酷一面，张扬个体生命意志——"超人"的强悍勇猛。应该说，"红高粱"的确是最具有尼采酒神气息的生命叙事。

二

尽管人们对小说是否一定要塑造人物难有绝对统一的意见，但是，对于大多数小说来说，人物仍然是其艺术感染力的最重要的因素，一些经典小说的人物不仅有力地表达小说的主题，而且还独立地显示他的人生态度。爷爷余占鳌、奶奶戴凤莲是莫言式英雄的典范，是《红高粱家族》的重要成就，也是莫言对当代文学的一个重要贡献，即使把他们放在百年来中国文学的人物画廊之中，也是极具魅力的典型人物。和许多写实性小说相比，他们的性格塑造显得有些粗糙，却散发着独特的魅力，那就是酒神文化精神。他们听凭天性的召唤，充溢着七情六欲，有着如火的激情和蓬蓬勃勃的力量，为所欲为，喜怒哀乐、爱恨情仇如大河滔滔，尽情奔腾、咆哮。

他们是典型的魔鬼式英雄，既英雄好汉又王八蛋，正气凛然而又残酷、邪恶，超越传统和现实的普遍伦理——超善恶，属于尼采式的"高尚的野蛮人"，和卢梭"高尚的野蛮人"的性格具有很大差异。两者都强调自然状态优于文明状态，都将人性内部的自发的情感、意识看作最高价值，都反对基督教的"原罪"观念和18世纪的理性原则，对抗任何"人为"——文化理性建构起来的意识、情感，从这点上看，尼采的酒神精神和卢梭式的浪漫主义文化具有密切的关联。但是，卢梭的"高尚的野蛮人"的情感、意识和传统、现实的普遍的心理经验较少冲突，较大共鸣，尽管《忏悔录》里包含着更多的激情和复杂，但总的来说，他是人性善的观念持有者。尼采的"高尚的野蛮人"的情感、意识取向却与传统、现实的普遍的心理经验存在着极大的冲突。他更激情、迷狂，富有力量感和攻击性，是"爆炸的人"，涉及更多的本能或非理性心理，尤其是带有更多的"恶"——从普遍的人性心理经验来讲：

> 酒神，不仅观察可怕和可疑的事物，而且实施可怕的行动，肆意进行破坏和否定。他身上可能出现邪恶、荒谬和丑陋的东西，这是创造力过剩所致，这过剩的创造力甚至把荒漠变成良田。①

作为对古希腊历史、文化进行过系统研究的语文学者，

---

① 尼采：《快乐的科学》，漓江出版社，2000年，第306页。

他迷恋早期的希腊文化的朴野，憧憬《荷马史诗》中那种类似于阿克琉斯式的残酷的英雄。在他的道德系统之中，强大才是最大的善，通常所谓的善只是一种孱弱而已。尼采的"超人""权力意志"都是这种酒神人格的象征。

爷爷余占鳌、奶奶戴凤莲的酒神英雄气概所面对的世界是酒神的世界。酒神世界制造了酒神英雄，酒神英雄只有在酒神世界之中才能获得最高价值。《红高粱家族》所呈现的世界，是那种宏大叙事崩溃以后的没有结构的生命世界，是非历史化的非和谐的生存图景。将这种非历史化叙事看作新历史主义也许未必准确，新历史主义的重心仍然是历史，它解构以往的历史同时也重建一种新的历史结构，非历史化叙事则仅仅是将历史还原为一种混乱无序的生命存在，无意建构历史。莫言无意叙述、判断战争的历史性质或方向，也无意规划高密东北乡社会的历史本质或趋势。他在谈到《红高粱家族》的写作动机时说，"我认为，战争无非是作家写作时借用的一个环境，利用这个环境来表现人在特定条件下感情所发生的变化。"[1]战争不过是"人类灵魂实验室"[2]。"种的退化"是对传统人性论和历史目的的直接颠覆。他们都是偶然的，无论是江小脚领导的八路军胶高大队，还是国民党领

---

[1] 莫言：《我为什么要写〈红高粱家族〉》，《会唱歌的墙》，作家出版社，2005年，第230页。

[2] 莫言：《我为什么要写〈红高粱家族〉》，《会唱歌的墙》，作家出版社，2005年，第231页。

导的冷支队，抑或是余占鳌所属的地方势力铁板会，除了具有素朴的民族意识之外，他们既缺乏以往抗战小说叙事的道德正义，又没有明确的历史方向性。

在消解历史结构的同时，生命本身成为主角。各种势力和各种人物，他们只是各自以自己的方式攫取利益或为了一种冲动、欲求而行动，有时他们可以联合起来一起打击日本侵略者，可是，在很多时候，却相互摩擦、冲突，乃至刀兵相见，相互残杀。叔本华、尼采所说的生命意志蓬勃生长，每个人都是一杆枪，喷射着自我的激情和欲望。人与人之间似乎永远隐藏着希腊神话中的那个纷争之神埃瑞斯，纷争不止。混乱、残酷、荒诞、虚无而又激情澎湃，这恰恰是酒神世界的基本特征。战斗场面残酷、血腥，更暗示着世界的荒寒、悲惨，生命的激情、漆黑和盲目。火光冲天，血流遍地，尸横遍野，脑浆迸裂，人和马的肠子肚子流淌一地，活剥人皮。这让我想起德·迈斯特对战争场面的叙述：

> 人们以为战场上发生的事情井然有序。司令官下达命令，军队开赴战场，胜败取决于军队的优劣或将领指挥有方。其实大谬不然。……如果你来到战场上，你所看到的根本不是井然有序的事件的过程，它与目击者甚至战略家、策略家或史学家的描述不相干。你看到的，是骇人的嘈杂与混乱，是屠

杀、死亡、毁灭，是伤兵的惨叫、垂死者的哀号、枪炮的轰鸣。"迷醉状态"支配着战场上的人。将领自己也说不清楚自己会输掉还是打赢一场战役，没人能够说清楚。①

不确定的偶然性被凸显出来，爷爷奶奶的英雄气概并非来自于他们的思想观念或文明训练，而是来自于大自然——生命内部的天赋：

> 英雄是天生的，英雄气质是一股潜在的暗流，遇到外界的诱因，便转化为英雄。②

高粱酒成为好酒是因为爷爷的恶作剧——往酒篓里撒了一泡尿。任副官是一条英雄好汉，却在擦枪的时候走火，把自己打死。狗的形象的创造应该看作《红高粱家族》的亮点。丧家之犬变成了野狗，恢复了原始野性，疯狂凶悍，有领导有组织有纪律，成群结队到处抢食尸体，向人类展开了它们的报复行动，从而展开人与狗的战争。人杀死狗吃狗肉、剥狗皮，还用狗皮当棉衣御寒。人与狗混杂在一起，搅

① 伯林：《论法国〈导言〉》，法国德·迈斯特：《论法国》，2006年，上海人民出版社，第9页。
② 莫言：《红高粱家族》，解放军文艺出版社，1987年，第100页。

乱了人的秩序。"千人坟"这一情节更暗示了历史的漆黑和迷乱，一切都会化为无法辨识的混沌：

> 我发现人的头骨与狗的头骨几乎没有区别，坟坑里只有一片短浅的模糊白光。像暗语一样，向我传达着某种惊心动魄的信息。光荣的人的历史里掺杂了那么多狗的传说和狗的记忆、狗的历史和人的历史交织在一起。

三

《红高粱家族》的酒神叙事是莫言小说叙事的最大偏好，是莫言叙事最坚硬的内核，也是他小说叙事的基本结构或原型，莫言后来的主要作品大体上都是从这种基本结构而来的，或平移或者改写或者缩写。莫言说：

> 一个作家一辈子可能写出几十本书，可能塑造几百个人物，但几十本书只不过是一本书的种种翻版，几百个人物只不过是一个人物的种种化身。

优秀的作家创作总是处在一种矛盾或悖论之中，一方面他的心灵必然有自己的鲜明而独特的偏好，形成自己的叙事风格，另一方面他又恐惧成熟的风格，担心自己会陷入成熟的僵化境地，丧失创造力量，因此，他会倔强而执着地寻求超越，但是，无论他怎样变化多端，他也是在自己的基本叙事结构之中，绝不可能完全脱离他的基本结构，那些试图脱胎换骨，和自己的基本叙事结构一刀两断的作家创作，没有一个是成功的。这点只要看看百年来诸多作家的创作轨迹就会非常清楚。莫言固然非常活跃，不断求新求变，是文体魔术师和叙事冒险主义者，但是，他的活跃与变化不是脱离自己，而是像蛇一样的蜕皮，像灌木丛、森林一样蔓延、滋长。他总是在自己的生命的天空中翱翔，总是在扩大自己的天空，增加自己的重量。这种活跃本身就是对酒神精神的张扬和尽情挥洒，因为酒神世界观作为一种生命世界观拒绝在任何地方停留、固定下来，他要搅动一切事物，让它从业已固定的状态变成流动、活跃状态，永远追求"生成"即变化的境界，生命的活力就在于此。

莫言崛起的时候，寻根小说潮和先锋小说潮相互交织、混杂，给莫言提供了极大的空间，"寻根"叙事让他在祖先那里获得了巨大的自由，先锋叙事则为各种叙事探索、冒险提供支持。我们看到，莫言那蓬蓬勃勃的叙事冲力，往往和《红高粱家族》有某种密切的关联，就像从《红高粱家族》这个充满神奇的线团里以各种不同方式抽离出来的一样。《秋水》是"红高粱家族"的简化版，它有《红高粱家族》的完整结构，却没有《红高粱家族》的丰富，省却了历史性因素，像开天辟地的神话或寓言。这里有大片的"红高粱"和大片的涝洼地，这种荒无人烟的原始蛮荒暗示着世界的荒凉，同时也为生命力量提供了用武之地，人的存在有如旺盛的"红高粱"一样，生机勃勃。强悍的爷爷和大胆的奶奶、神秘的黑衣人和紫衣女人等英雄汇聚一处，暗示着生命力量的汹涌。紫衣女人复仇的子弹击倒黑衣人，则是酒神英雄的狂暴正义。《大风》中的爷爷显示出酒神英雄气概，但是，其性格被莫言调整为单纯而温和的生命力量，去掉了情欲、凶暴的一面。《老枪》则将家族史与酒神英雄引入现实，"种的退化"弥漫其间，从而使酒神英雄的生命历程陷入迷茫、困惑和挣扎。奶奶一枪把吃喝嫖赌输光家产的爷爷打死，显示出家族老辈的完美的酒神激情。尽管爹爹不像奶奶那样豪气冲天，却仍然令人敬佩，他痛打那个横行乡里的柳公安员，然后用老枪自杀，酒神英雄被涂上了社会悲剧的色彩，同时他的英雄气概也打一点儿折扣。孙子大锁虽然流淌着奶奶、爹爹的血液，比起他的爷爷、爹爹来显得软弱了一些，但是，最后他还是打响了老枪。

应该特别注意的是，规模较大的长篇小说《丰乳肥臀》的叙事结构是《红高粱家族》的扩大与翻版，也是《红高粱家族》叙事结构的高峰。它唯一的变化是作为主角的英雄由男性变成了女性母亲上官鲁氏。上官鲁氏实际上是奶奶戴凤莲的变型或移植。她具有奶奶戴凤莲的叛逆性，颠覆了传统主流规范下的母亲形象，同时，凸显出她的母性旺盛的生殖能力和舐犊之爱，一种超越政治、伦理的女性生命力量和爱欲。就像《红高粱家族》一样，它的历史叙事被非历史化，各种不同性格的恶魔英雄和各种势力角逐、拼斗，缺乏明确的历史方向，生命激情四射而又一片混沌，正是在这样的背景中，才凸显出莫言式的酒神母亲的伟大，这是一种具有西方浪漫主义文化的崇高之美，或是一种被压抑的民间性崇高之美，她蕴藏着顽强的生命力量，不仅仅是隐忍，更具有颠覆、反叛。但是，它比《红高粱家族》所覆盖的历史面积更宽阔，跨越的历史时间更长。

《爆炸》可以看作对酒神世界的感觉释放。它仅仅是酒神世界的体验，去掉了酒神英雄。酒神英雄缺席的酒神世界，就仅仅剩下无序、混乱的存在，缺乏任何价值、意义。"爆炸"，各种没有关联的不同的"爆炸"被组织起来，构成一个为嘈杂、混乱、喧嚣、偶然所主宰的生存世界，对通常人的日神感觉进行了彻底的颠覆。这种对酒神世界的叙事暗示了莫言后来的叔本华倾向。顺便说一下，莫言那种活跃、奇诡、恣肆的感觉乃是酒神文化的直接呈现。在尼采看来，人不仅仅是用头脑思考，更重要的是人是以自己的器官乃至身体的全部品评万物和世界。在莫言那里，来自不同的感觉器官的不同质地的感觉，尤其是相反的感觉被大跨度地组合起来，宽阔、敏锐、粗粝，彻底打破了人们所熟悉的定型的理性秩序。酒神英雄缺席的酒神世界也是一个生命悲剧的世界。《枯河》是现实叙事，从外形上看，它是犀利的社会批判，小珍与小虎这两个孩子的不同的家庭背景形成鲜明的对照，并构成叙事的重要指向，使作品具有了一定的现实批判色彩，但是，这里还牵连着更深沉的酒神世界：两个纯真的孩子游戏却由于纯粹的偶然酿成惨剧。小珍死了，而小虎却被他父母、哥哥暴打致死。世界的偶然引爆了人性的异变，世界在瞬间变成了黑洞。小虎父母、哥哥几十年来所承受的社会压力使他们瞬间异变为愤怒冲动的动物，在这瞬间，他们只觉得小虎是祸害，危及他们自身的利益，切断了与小虎的伦理情感。小虎被从家庭伦理中驱逐出去，也被从人群中驱逐。这种混合着酒神世界体验的社会批判，是更深沉的批判，他一方面指向社会，是那种不合理的现实将人逼入绝境，另一方面，却又超越现实，直抵人性深处，在人性深处隐藏着凶暴的本能，构成了对人性黑暗的反省、挖掘。在《白狗秋千架》中，偶然事故造成了暖的无可挽回的人生悲剧，在结尾处，她试图摆脱这种悲剧的努力却反而了增加悲剧的重量，和深不见底的偶然性力量相比，她的挣扎显得既无知又盲目。《透明的红萝卜》打破了人们习以为常的世界体验，让世界变成一个充满活力的新的存在。不是世界是什么我们就感觉到什么，而是我们感觉世界是什么世界就是什么。黑孩儿饥饿、孤独，被人群放逐。酒神世界的阴暗、潮湿、残酷的河床裸露出来。每个人都生长着强硬的私欲，相互冲突，他们无法成为英雄，只能相互伤害。老铁匠与小铁匠之间的紧张关系，让人看到师徒之间阴郁逼人的一面。小石匠、小铁匠之间为了菊子姑娘而争风吃醋、相互打斗，当小铁匠和小石匠扭打在一起的时候，"人群里爆发了一阵欢呼"。黑孩儿的介入显得非常意外，这一意外因素，又导致了更大的惨剧：菊子姑娘的眼睛被小铁匠的石片击中。在《红蝗》中，莫言要将人的存在混沌化，颠倒稳固的日常经验，从而绘制了一幅纷乱不堪的生存图景。手足生着蹼膜的青年近亲相爱，被家族烧死：

> 这场轰轰烈烈的爱情悲剧、这件家族史上骇人的丑闻、感人的壮举、惨无人道的兽行、伟大的里程碑、肮脏的耻辱柱，伟大的进步、愚蠢的倒退。……已经过去了数百年，但那把火一直没有熄灭。它暗藏在家族的每一个成员的心里，一有机会就能熊熊燃烧起来。

生命仅仅是一种盲目燃烧欲望。历史变成了生命欲望的遗骸。

长篇小说《酒国》（1993）是酒神世界的反写，这是

《枯河》《透明的红萝卜》这类具有现实批判性的作品的一个发展。在此酒神——生命力成为反思、批判的对象。酒国各种势力和个人都燃烧着欲望，痴迷而疯狂，为了满足吃与喝不惜一切代价，乃至吃人——吃婴孩儿。酒神英雄的生命力是一柄双刃剑，它是生命力冲决一切落网的力量源泉，同时，当它向下堕落的时候，也变成了人性残忍的无底深渊。当莫言体察现实的时候，物欲横流的现实使他感受到尼采所说的酒神世界的另一面："自然中最凶残的兽性脱开了任何羁绊，乃至肉欲与残暴混杂一起，令人厌恶，这种既淫且暴的混合在我看来一向就是真正的'妖女淫药'"①，"种的退化"使他意识到现实的生命意志并没有像家族祖先那样光彩夺目，而是变成了贪婪而凶残的堕落。这种对生命力的反写也告诉我们，优秀的作家总善于不断地变换角度去体验人生、社会，人和世界是难以固定下来的，面对不同的区域他总能拿出一个最适合表达的视角。

2000年以后，《酒国》式的现实批判和人性批判、悲悯逐渐变成莫言创作的重心。在《红高粱家族》《丰乳肥臀》中，尽管各类英雄都充满盲目的激情和冲动，但是这恰恰显示着原始生命力量的特点。《檀香刑》之后情况发生巨大的变化。在《檀香刑》中，孙丙、孙眉娘等人仍然是莫言善于塑造的人物，仍然具有莫言以往酒神英雄的气息，但是他们

———————
① 尼采：《悲剧的诞生》，漓江出版社，2000年，第26页。

丧失了英雄的光彩，显出生命的盲目、愚蠢和可悲。混乱的世界变成了人性拷问的平台。在《四十一炮》中，罗小通向老兰复仇，不能伤及老兰一根毫毛，他出家当了和尚，给人以虚空感，他的生命力打了折扣，跳出圈外，大彻大悟，用悲悯的眼光看众生。《生死疲劳》中的蓝脸是莫言酒神英雄的最后一抹光彩，但是，作品的重心在于一种深沉的生命悲剧：存在就是痛苦，无所逃于天地之间。按照莫言的说法，这是人类本身所造成的无法克服的弱点，基于这种人性自身弱点的悲剧，才是小说家大胸怀的悲剧情绪，基于这种悲剧才能有大悲悯。

残酷的慈悲

——莫言《檀香刑》的存在原罪与悲悯情怀

我以为，在莫言诸多优秀的长篇小说中，《檀香刑》（2001）应该是更具风采、更具魅力的一篇，是优秀之中更为优秀的作品，也是百年新文学值得珍惜的宝贵收获。李敬泽说，"《檀香刑》是一部伟大作品。我知道'伟大'这个词有多重，我从来不肯在活着的中国作家身上用它。但是，让我们别管莫言的死活，让我服从我的感觉，'伟大'这个词不会把《檀香刑》压垮。"①我完全认可李敬泽的这个判断，但李敬泽没有将这种"伟大"剖析出来。这部令人惊惧的小说当年没有获得茅盾文学奖，不是小说本身的缺陷，而是茅盾文学奖的遗憾。时至今日，莫言不但获得了茅盾文学奖，而且摘取了诺贝尔文学奖的桂冠。这个时候，我们回过头来重新思考这部小说，就更容易发现它的魅人光彩。《檀香刑》想象奇诡、叙事凶猛、结构完美，具有莫言小说那种把本土

---

① 李敬泽：《莫言与中国精神》，《小说评论》，2003年1期。

性与现代性浑然融为一体的叙事风度，更重要的是它达到了那种新文学很少有作家能够企及的博大、深沉的境界。它介入历史而超越历史，在对历史的巧妙叙事之中，直逼黑暗的人心，将人类不可克服的邪恶、凶暴毫不掩饰地揭示出来，饱含着对人的存在原罪的思考，让人们在超额恐惧的黑暗中，悲悯、反思人类存在的悲剧境况，将新文学的人性叙事拓展到一个新的广度和高度。

一

《檀香刑》作为一部长篇小说，它首先呈现出一种令人惊异的奇特面貌。从目录上看，作品由三个部分构成："凤头""猪肚"和"豹尾"。"凤头"按古人的原意是说文章的开头像凤凰的头部一样秀美、漂亮，"猪肚"是说主体部分像肥猪的肚子一样充实而饱满，"豹尾"是说结尾部分像豹子尾巴一样刚劲有力。莫言是在借古人的说辞高调宣示一种雄心勃勃的写作自信。可是，当我们把"凤头""猪肚""豹尾"这三个部分组合起来变成一个整体的时候，却不能不感到惊异，因为即使是动物学家也从来没有看见过如此奇形怪状的动物。这种奇怪的外形就弥漫着一种极为特殊的气息，暗示着文本那种非同一般的意蕴。

《檀香刑》是一篇以义和团抗击德国殖民者为叙事对象

的历史小说。作为历史小说，它必然要对历史进行叩问和思考。这里，我们也没有必要过多地考虑它是新历史主义抑或是旧历史主义，在我看来，如果不能带来新的历史思考、判断的历史小说，肯定不是优秀的历史小说。凡是优秀的历史小说一定都带有独特的历史意味。因为文学的历史叙事不必依附于现成的权威历史叙事，文学有自己独有的历史叙事，它并不比所谓历史学的历史叙事低一个等级，它并不是像影子一样跟在历史学的身后，亦步亦趋，两者的差别仅仅是叙述风格的不同而已。当我们进入莫言所构筑的历史世界的时候，我们最终的所得除了痛苦、悲哀和茫然之外，一无所获。我们急于清理历史、渴望从历史中获得某种意义和价值的企图，在此几乎完全落空。我们仿佛被放逐在浓云密布的原野之上，任何一点儿光亮都是转瞬即逝的流星。我们太习惯于接受被驯化的历史，对于那种混乱无序的野性化历史叙事总是充满着焦虑与不安。而这些恰恰正是《檀香刑》呈现给我们的历史。

尽管作品仅仅是写山东的一小部分义和团运动，却巧妙地将那时中国社会不同的势力都囊括于其中。我们从一个小窗口看到了晚清中国的大社会。西方殖民者的铁路和枪炮已经延伸到乡村、小镇，基层官僚尽管不无觉悟和民族良知，却依然因袭着古老的传统，上层统治者与德国殖民者沆瀣一气，狼狈为奸，各取所需，改良主义者血染菜市口，流

尽了最后一滴血。孙丙为首的义和团对德国殖民者的抗击尽
管英勇悲壮，却愚蠢无比。面对历史，莫言相当严肃而谨
慎。作品在"猪肚"这个部分用全知视角将孙丙等义和团与
德国殖民者的冲突、斗争进行了环环相扣的缜密叙述，每一
个环节都相当具有分寸感，尽管不是那种端端正正的所谓正
史姿态。就这场冲突、斗争的起源看，最初的导火索不过是
一个具有一定偶然性的民间刑事案件，德国铁路技师猥亵孙
丙妻子小桃红，孙丙失手将其当场打死。然而，由于清政府
的无能，没有将这个刑事案件控制在其应有的范围之内，从
而使它逐渐升级，演变成军事性的冲突和斗争。我们发现，
民众之所以能够响应孙丙的号召，和当时全国的义和团运动
有关，和整个全社会反洋、仇洋氛围的推动有关，也和他们
对德国人、铁路的愚昧理解有关，更重要的是，还和清政府
的专制、腐败有关。清政府克扣了德国殖民者因修筑铁路而
补偿给农民的占地赔偿，农民利益遭受巨大的损害。在整个
冲突、斗争的过程中，孙丙等义和团固然英勇，却"怪力乱
神"，愚蠢而残暴。他们设神坛、喝符水，用"刀枪不入"
来蛊惑人心，鼓舞士气，把大粪、羊血等当成攻击敌人的最
好武器，甚至把俘获的三个德国兵杀死，"孙丙他们把三个
俘虏绑在树上轮番用热尿滋脸，然后肯定就要用他们的心肝
来祭奠那二十七条亡灵。"[①] 我们很难用传统教科书有关义和

————————
① 莫言：《檀香刑》，作家出版社，2001年，第339页。

团的概念、逻辑对孙丙等抗击殖民者的斗争进行清晰的界定、分析。莫言在《檀香刑》的"后记"说，"我在这部小说里写的其实是声音。"[①] 这是两种声音的交汇，"我感觉到，这两种与我的青少年时期交织在一起的声音，像两颗种子，在我的心田里，总有一天会发育成大树，成为我的一部重要作品。"[②] 试想一想，这种猫腔和火车轰鸣交融、混杂的声音是什么样的声音，它显然难以形成任何有规则的或和谐的旋律。莫言无意建构一种乐观而流畅的历史图景，历史仅仅是存在在那里，无法搭建一座有意义的桥梁通向未来，更无法确认历史的目的。莫言宁可超然、冷峻地敞开胸怀，让历史在"大地"上放任自流，因为"大地"才是人的最坚实的存在基础。和茫茫无际的"大地"比起来，历史理性这种人工建筑简直就是一个用以临时遮风避雨的席棚，席棚终究要破损、倒塌，"大地"却永远生机勃勃。

二

历史悲剧有两种风格，一种是理性主义叙事：历史进步的必然趋势与这种趋势暂时无法实现。这种悲剧由于带有明确的历史方向性，无论怎么悲惨，也能给人以亮色、安慰，

---

① 莫言：《〈檀香刑〉后记》，作家出版社，2001年，第513页。
② 莫言：《〈檀香刑〉后记》，作家出版社，2001年，第513页。

因为我们能够获得充足的进步感，有明确的目的地。另一种悲剧则是先锋性的，它是在怀疑主义的支配之下，它看到世界完全受制于偶然、混乱和人性难以驯服的欲望，无法规划历史并提炼出历史的目的，这种悲剧给人以惊心动魄的悲哀和绝望，是一种完全无路可走、无处投奔的荒凉体验。

《檀香刑》的历史叙事显然属于那种先锋性的历史叙事。就莫言的基本气质而言，大体属于先锋类型的作家，带有浓重的先锋气质和文化精神。从"红萝卜"到"红高粱"，他的叙事风格业已形成。有的时候，他也会创作一些非先锋性作品，但是，这并没有改变他总体上的先锋叙事风格。他属于那种叙事灵感和叙事能力超常宽广的作家，具备多种叙事才能，常常在不同的叙事风格之间穿梭往来，但是，最具莫言叙事意味的是那种崇高而奇谲的风格，广阔、巍峨、险峻。这里有直入云端的狰狞险峻的山峰和鬼脸般裸露的岩石，回响着瀑布冲进山谷、漩涡撞击岩石的炸裂般的咆哮，有茂密而苍茫的森林，有平坦的开阔地，也有宽阔的湖面，有深潭，有小溪，也有波涛汹涌的河谷，有巨兽、昆虫和灿烂的野花，到处奔涌着不驯服的生命力量。他蔑视"成规"，渴望超越，被一种欲罢不能的激情、力量推动着，打破各种叙事禁忌，经常将自己的叙事指向某种危险的不确定的地带。不论是伦理方面，还是认识方面或者是文体方面，他都要突进到一个让人眼前一亮的荆棘丛生的地带，他能够将

"生活世界"和人连毛带血、沟沟坎坎、摇曳动荡地叙述出来，带着新鲜而霸道的诱人的气味。他是那种地道的鳄鱼主义写作，而非金鱼主义写作。他的獠牙利齿，滴着鲜血，浑身洋溢着大地的元气。过多地将民间性因素加给莫言并不恰当。民间是一个太庞杂的区域，用这样歧义横生的区域指向一个作家的叙事风格未免过于朦胧。从文学史上看，我们毕竟不能把赵树理这样的作家作为民间作家，也不能把老舍、沈从文看成是民间作家。莫言和他们一样，民间仅仅是一种材料或外衣，知识分子的价值取向仍然是其灵魂所在。在《檀香刑》的"后记"中，莫言说："就像猫腔不可能进入辉煌的殿堂与意大利的歌剧、俄罗斯的芭蕾同台演出一样，我的这部小说也不大可能被钟爱西方文艺、特别阳春白雪的读者欣赏。就像猫腔只能在广场上为劳苦大众演出一样，我的这部小说更合适在广场上由一个嗓音嘶哑的人来高声朗诵。"① "《檀香刑》是我的创作过程中的一次有意识地大踏步撤退，可惜我撤退得还不够到位。"② 其实，莫言这里的民间，仅仅是指他更多地借鉴了猫腔这种地方小戏的语言腔调而已，是一种先锋性姿态的调整，是先锋的另一种姿态，它的结构、戏剧性冲突、历史叙事，尤其是对酷刑的叙述，绝不

---

① 莫言：《〈檀香刑〉后记》，《檀香刑》，作家出版社，2001年，第517页。

② 莫言：《〈檀香刑〉后记》，《檀香刑》，作家出版社，2001年，第518页。

是民间叙事力所能及的，只能是作为先锋作家的力量所致。

先锋小说叙事与传统小说叙事的最深刻的差异是世界观和人生观的不同。传统小说大体建立在理性主义的基础之上，它将世界看成是一种具有清晰的结构和意义的存在，即使存在着断裂，也是偶然的，根本就不足以动摇、破坏整体结构的秩序，甚至断裂的背后也是存在这种无所不在的结构，随着人的理性能力的增强和拓展，总会掌握这种结构的，总会将世界生活推向一个更高的目的。黑格尔式的历史观是这种理性主义的真实写照：

> 我们相信在任何事物中，哪怕是最细微的细节中，上帝的永恒指引都强有力地、引人注目地发挥着作用。人及其自由意志、自然法则及其中断、偶然性的看似专断的作用……所有这一切都只是我们信仰的伟大和普遍的必然性的工具。追寻这一必然性的痕迹、与它和谐相处、谦卑地服从它是我们知识的唯一有价值内容，也是我们行动的唯一坚实基础。①

先锋小说叙事却将世界看成是混沌无序的存在。它是

① [美]格奥尔格·C.伊格尔斯：《德国的历史观》（彭刚等译），译林出版社，2006年，第133页。

西方18世纪末19世纪中期之后文化转向的一部分。从浪漫主义开始，经由尼采、弗洛伊德、狄尔泰、波德莱尔、陀思妥耶夫斯基等人的反叛性叙事，逻各斯、形而上学这些巨大的结构被颠覆、粉碎，世界变成了无数涌动着的不规则的断片，人们没有信心或能力再创造出一个清晰而明确的世界结构，自然也就没有什么神圣的或进步的目的。尼采说，上帝死了，不仅意味着广泛的宗教的精神支配力业已衰颓，也意味着世界缺乏统一的价值秩序。"并不存在什么永恒的设计或者上帝的目的。事物存在仅仅是因为它们存在，而不是出于某种'更高的'或者'更深的'原因。上帝死了，宇宙对人类的事情无知无觉，其本身也是毫无意义或目的。"①20世纪80年代中期崛起的先锋小说之所以能够吸引众多的作家，不仅仅是那种新的形式或"叙事圈套"，更在于其对世界、人生的一种新的理解。如果说刘索拉的《你别无选择》多少有些矫情的话，像余华、莫言、残雪等却自然而然地显示出先锋小说的叙事精神。余华认为，在所谓井然有序的经验世界之中，蕴含着不可思议的支配性力量，足以导致经验世界秩序结构的崩溃，因此，他宣布我们日常经验的世界是不真实的，而真正真实的世界是那种冥冥之中支配一切的不可理喻的力量。莫言的《红高粱家族》以退化论——"种的退

---

① [美]理查德·塔纳斯：《西方思想史》（吴象婴等译），上海社会科学出版社，2007年，第427页。

化"来颠覆根深蒂固的进步主义，让爷爷、奶奶激情迸射，让历史变成一种没有任何形状的图形，不同力量之间的相互冲突，却没有明确的历史方向。莫言是先锋浪潮的弄潮儿，先锋的生命文化（主要是浪漫主义和现代主义）滋养了他，另一方面，他天生就属于先锋的，那"天马行空"的个性也只有在生命文化的无边的自由中才能尽展风采，在总体性退却、消散之后，他更是如鱼得水，如虎添翼，尽情飞翔。和理性、日常经验相对的或被它们所压抑的世界，是莫言所向往、沉迷的世界。

如果我们把冯骥才80年代后期创作的叙述义和团的小说《神鞭》，和莫言的《檀香刑》对义和团的叙述稍加比较，就会更清楚地理解莫言叙述的先锋气质。《神鞭》是典型的理性主义叙事，显示着80年代中国知识分子对中国文化转型的乐观的理性主义想象。应该说，《神鞭》选择傻二的"辫子"神功作为中国传统文化的象征，是非常适度的。一方面显示出寻根文学的思想深度，"辫子"总能唤起人们对中国传统文化落后、愚昧的想象和反思。鲁迅就反复叙述过中国的辫子问题；另一方面，"辫子"神功和义和团其他的"怪力乱神"又有很大的不同，虽然它也接近这种"怪力乱神"，但是，不至于像大粪、羊血、喝符水和把自己变成岳飞、孙悟空、猪八戒等行为那样过于荒诞，更令人绝望。在《神鞭》中，傻二被塑造成一个与时俱进、善于自我反省和自我改造的民间英雄，用以象征民族历史、文化进步的必然性结构。他的这种善于变革的性格，在他祖先那里就充分体现出来，"辫子"神功来自于这种自我变革，所以，当他的辫子神功失效乃至被剪掉以后，他非常顺利地拿起了枪，就像耍辫子一样，把枪练得出神入化。他说："……你要知道我家祖宗怎么创出这辫子功，就知道我把祖宗的真能耐接过来了。祖宗的东西再好，该割的时候就得割。我把'鞭'剪了，'神'却留着。这便是，不论怎么办也难不死我们；不论嘛新玩意儿，都能玩到家，决不尿给别人……"[①] 这是寻根文学理性主义一派对历史、文化的一种叙述。在急于变革、渴望变革的时代，从传统到现代的变革路径被勾勒得相当清晰、平坦，不论怎样，傻二们有能力审时度势地改变自己，以适应新的历史和文化。这显然和《檀香刑》对义和团的叙述形成鲜明的反差。

三

在历史被推入荒野的同时，人成为最高的表现对象。与历史的方向相比，莫言更关注的是人及其生存状态。对历史的理解与对人的理解总是相互牵连、相互影响的。历史不过是人的行为的记录而已。当历史一团混乱的时候，"人"本

————————

① 冯骥才：《神鞭》，《小说家》，1984年3期。

身也很难得到更高的估价和理解。这也是先锋小说对人性叙事的重要特征之一。在先锋小说里，人不再是高居于万物之上的佼佼者，他和她完全没有俯瞰世界看清一切的能力，而只能像地球上其他动物一样从自己的角度去理解这个世界。尼采的视角主义不仅在认识论上限定了人的能力，也在生存论上限制了人的用武之地。因此，先锋小说更加深入地进入了人性的内里，尤其是潜意识的阴暗、复杂和茅草丛生的地带。"不仅涉及人类灵魂中的尊贵和崇高，而且涉及其中的反面和阴暗，还涉及邪恶、死亡、魔鬼性和非理性。"① 莫言写作一直追求将人放在首位的境界，他讲究"盯着人写"，善于进入到人性的里面，将人的灵魂的细微颤动和庞大力量呈现在笔端。"红高粱"中将欲望、力量升华为一种生命力，近乎尼采的酒神精神。《丰乳肥臀》则将母亲的生命尊贵、崇高作为对象。但是，进入新世纪以后，莫言更倾向于对人性的欲望、力量的盲目、罪恶的反思和悲悯，《檀香刑》就是重要的标志。尼采在《悲剧的诞生》中把酒神精神看作一个复杂、丰富的集合体。酒神是狂放不羁、无所顾忌、冲决一切的生命激情的隐喻，是打破束缚的创造性的力量，同时，也是兽性、残暴和毁灭的力量。"这种节日的核心都是狂放无度的性放纵，其汹涌澎湃的大浪冲决了任何家庭生活

---

① [美]理查德·塔纳斯：《西方思想史》（吴象婴等译），上海社会科学出版社，2007年，第405页。

及其庄严的规范；这里，自然中最凶残的兽性脱开了任何羁绊，乃至肉欲与残暴混杂一起，令人厌恶，这种既淫且暴的混合在我看来一向就是真正的'妖女淫药'"。[①]酒神的阴郁、黑暗的力量被作为反思对象。莫言从尼采的激情澎湃退回到叔本华的伤感、绝望。叔本华一方面将意志作为世界的本体、人的存在依据和创造力的源泉，另一方面却在伦理层面对意志、欲望的阴郁、盲目感到焦虑、恐惧。在叔本华那里，个体生命意志的自我肯定带有很大的盲目性，很难秩序井然地展开，必将造成不同个体生命之间的相互冲突、损伤、摧残，生命一旦诞生，便陷入这样一个悲惨的境地，这是生命的特质，也是不可避免的存在原罪。

我们看到，在《檀香刑》中，不同的势力和个人，各自固守着自己的意志堡垒，按照自己的欲望行事，他们毫不退让，相互冲突、格斗，鲜血迸溅，火光冲天，人们被一种似乎是不可名状的巨大力量激励、鼓舞，直到死亡来临。这让人感到人生不过是不同质地和形状的意志的碰撞、冲突而已。从每种势力和个人的角度看，他们似乎都有自己的道理，都有自己那样选择的缘由，他们遭遇到一种情形，非那样干不可，然后他们就那样做了，他们仿佛都被囚禁在自己设定的狭窄通道之内，在不惜一切代价地朝着一个目标狂

———————
① 尼采：《悲剧的诞生》，赵登荣等译，漓江出版社，2000年版，第26页。

奔。可是，从更高的角度或者从旁观者的角度看，又显得盲目而毫无价值。他们的争斗、冲突除了本身所发出的混乱、刺耳的声响之外，就是鲜血、死亡和痛苦，再没有别的什么。孙丙起初的行为纯粹是一种冲动，当德国人杀死他的妻子、孩子，并血洗马桑镇之后，他投奔义和团并开始了复仇之旅，在他被捕之后，却又坚守中国传统民间英雄的节操，拒绝替身，蔑视最残酷的檀香刑，要让自己死得大义凛然，所谓过二十年后还是一条好汉。这就不能不让人想到阿Q被押赴刑场时的那种心态。他代表一种底层的传统的生命力和正义，同时也代表这种力量的愚昧、野蛮。孙眉娘的性格近似《红高粱》中的"我奶奶"，是女性中的酒神，她敢爱敢恨，手刃公爹。这对父女的性格，酷似《红高粱》中爷爷、奶奶的性格，但是，我们在作品中再也感受不到"红高粱"式的亮丽、激昂和辉煌。钱丁是矛盾体，他的性格分化为大大小小的各种意志，这些不同去向的意志、欲望相互碰撞，纠结。他一方面追求自己的爱欲，私通孙眉娘，一方面有一个父母官的基本品德；一方面不得不屈从官场权势，另一方面又有开明知识分子的眼界；一方面具有一定的民族情感，憎恨殖民者，另一方面又不得不和殖民者妥协。他的死仅仅证明他那种无法忍受残酷的良知底线。他提供更多的是由矛盾所导致的焦虑和无奈。钱雄飞复仇似乎给人以更高的正义，近乎拜伦式的浪漫主义英雄，是这片历史荒野上的最亮丽而高贵的舞蹈。

傻子赵小甲这个人物设计不能不说是莫言的神来之笔。他具有一种超现实的叙事功能。这是莫言非常喜欢和擅长的魔幻叙事方式，他常常用儿童、傻子等非常态视角点化整个作品，从而使叙事意蕴得以升华，完成一种其他视角无法完成的叙事任务。他以自己的"通灵虎须"看破了世间人类的存在真相，就像鲁迅经由一个狂人看破了"仁义道德"吃人的真相一样。他的"通灵虎须"使他看到了所有的人都是兽类。这些兽类可以分为两类：凶猛的野兽和家畜。这种"魔幻"想象，不论是来自于"聊斋"式的中国自身传统，还是受马尔克斯的启发，都不仅仅是一种叙事技巧，它更像是人类自身的一种悲愤的自我认识。每当人类被自身所带来的无法控制的混乱、野蛮的力量吓得胆战心惊的时候，人们就把人和兽类相提并论，从而将人的悲剧处境推进到丛林法则之中加以审视。尽管人类经常以超越"大地"的姿势炫耀、标榜自己，实际上却仍然被"大地"牢牢地拴在树桩上。这种超现实的傻子视角，也是浪漫派—现代派—后现代派叙事的重要特征之一。在浪漫派那里，常态的人已经被理性驯化，远离了人的真正本性，而人的本性作为大自然的天赐之物，远远高于教化的品德，大自然是狂野不羁、神秘莫测的，那些反常的疯子、病人、罪犯由于其反常的行为，蕴藏着大自然的无比神奇的力量，他们却能够看清存在的本相。

　　赵甲应该是莫言对当代文学的巨大贡献。他最大程度地显示了莫言文学的创造性才华。赵甲作为刽子手串联起一连串的酷刑，这种对酷刑的大面积的血腥弥漫的深入叙述，是中国文学从未有过的，莫言开拓了一个新的叙述领域。伴随着强烈的感官刺激，它把我们引入一个令人窒息的黑暗奔腾的世界，让我们在这种恐怖的情景中思考人是什么和人的存在的悲剧境遇。作为大清第一刽子手，赵甲最令人思考的地方是，他并非出于生存的需要才对酷刑格外珍视，也并非因为长期的刽子手生涯导致的心理麻木才使他格外冷酷，而是意识到自身的价值之后的自觉追求才使他达到刽子手的最高境界的。他是大清律法的自觉承担者，在他的眼里，大清律法天经地义，神圣不可侵犯。他将这种令人不齿的工作视为一种神圣的荣耀。他以能够在退休之后再被委以重任——给孙丙施刑而兴奋不已。为了不辜负这份神圣的工作，他创造性地制造了檀香刑。他进行了实验，精益求精。在残酷的刑罚过程中，他能够将冷静的智慧和残忍的疯狂高度融为一体，达到屠刀与人合二为一的境界。他是在惩罚罪犯，更是一种自我的心理愉悦、兴奋和满足的极度高潮，他被一种不可抗拒的力量推动着。而那些看客，既恐惧又兴奋，人们将这种残酷刑罚当作一次狂欢性的宣泄和潜在欲望的满足，就连孙丙也觉得这是一场轰轰烈烈的大戏。赵甲对酷刑的沉迷透露出人性的黑暗和人的存在的悲剧性质。人是能够将自己的邪恶植入在法律、制度之中，法律、制度在很多时候会助长人的邪恶力量，从而使法律的执行远远超出了维护社会秩序的需要，变成了恐怖而无形的黑暗力量。法律、制度等文明的建构与人的邪恶性协同增长。文明的建筑物浸泡在血海之中。

这种对刽子手及其酷刑的叙述是一种博大的悲悯情怀。悲悯不是避开罪恶和残酷，也不一定是多愁善感的软心肠，而是正视罪恶、残酷，把它从人性、人的存在里边狠狠地抓出来进行拷问。他拷问所有人，也拷问自己，将自己的心肠也放在里边去煮。有人尖锐地向莫言提问：

> 您作为中国远古文化的后裔，在将残暴通过叙述技巧逼向极致时，对文化的沉迷与耽溺是否某种程度上遮蔽了本当有的批判立场？①

莫言答曰：

> 我觉得批评者或是读者应该把作者与书中的人物区别开来，赵甲对酷刑的沉迷并不等于我对酷刑的沉迷，这是问题的一个方面。文化的批判者，首

---

① 莫言：《是什么支撑着〈檀香刑〉——答张慧敏》，《小说的气味》，春风文艺出版社，2003年，第111页。

先应该是，或者曾经是一个文化的沉迷者，这是问题的另一个方面。作者的批判立场，并不一定要声嘶力竭地喊出来，这是问题的又一个方面。展示的本身具有沉迷和批判的二重性，这是问题的第四个方面。①

莫言的回答非常深刻，他不回避自己的沉迷，没有把自己洗刷得干干净净，而是把自己也当成一个鲜活的生命。对人的存在的阴森、暴虐和荒凉的叙事，一直是当代文学叙事的软肋，我们似乎总是在那里驻足不前，扭过头去，缺乏直面它的力量和勇气。我们喜欢在一个自欺欺人的人造通道里自我满足，不敢踏入山野和"大地"一步，我们喜欢在阳光下陶醉，却对黑夜紧紧地关闭起心灵的大门。余华、残雪是一种勇敢的介入，莫言则以更庞大的建构继续向这个深潭挺进。这无疑是对当代文学的人文境界的极大提升。在《捍卫长篇小说的尊严》一文中，莫言袒露了自己的悲悯情怀，并把它看作一种"长篇胸怀"：

"长篇胸怀"者，胸中有大沟壑、大山脉、大气象之谓也。要有粗粝莽荡之气，要有容纳百川之

① 莫言：《是什么支撑着〈檀香刑〉——答张慧敏》，《小说的气味》，春风文艺出版社，2003年，第111—112页。

涵。所谓大家手笔，正是胸中之大沟壑、大山脉、大气象的外在表现也。大苦闷、大悲悯、大抱负，天马行空般的大精神，落了片白茫茫大地真干净的大感悟——这些都是长篇胸怀之内涵也。①

长篇小说是包罗万象的庞大文体，这里边有羊羔也有小鸟，有狮子也有鳄鱼。你不能因为狮子吃了羊羔或者鳄鱼吞了小鸟就说它们不悲悯。你不能说它们捕杀猎物时展现了高度技巧、获得猎物时喜气洋洋就说他们残忍。只有羊羔和小鸟的世界不成世界；只有好人的小说不是小说。即便是羊羔，也要吃青草；即便是小鸟，也要吃昆虫；即便是好人，也有恶念头。站在高一点儿的角度往下看，好人和坏人，都是可怜的人。小悲悯只同情好人，大悲悯不但同情好人，而且也同情恶人。……编造一个凄凄惨惨的故事，对于以写作为职业的人来说，不算什么难事，但那种非在苦难中煎熬过的人才可能有的命运感，那种建立在人性无法克服的弱点基础上的悲悯，却不是能够凭借才华编造出来的。描写政治、战争、灾荒、疾病、意外事件等外部原因

① 莫言：《捍卫长篇小说的尊严——代序言·〈天堂蒜薹之歌〉》，上海文艺出版社，2012年，第2页。

带给人的苦难，把诸多苦难加诸弱小善良之身，让
黄鼠狼单咬病鸭了，这是煽情催泪影视剧的老套
路，但不是悲悯，更不是大悲悯。只描写别人留给
自己的伤痕，不描写自己留给别人的伤痕，不是悲
悯，甚至是无耻。只揭示别人心中的恶，不袒露自
我心中的恶，不是悲悯，甚至是无耻。只有正视人
类之恶，只有认识到自我之丑，只有描写了人类不
可克服的弱点和病态人格导致的悲惨命运，才是真
正的悲剧，才可能具有"拷问灵魂"的深度和力
度，才是真正的大悲悯。①

---

① 莫言：《捍卫长篇小说的尊严——代序言·〈天堂蒜薹之歌〉》，上
海文艺出版社，2012年，第2—3页。

《天堂蒜薹之歌》：一部不该被忽视的作品

　　在莫言的众多作品之中，人们的目光更多地聚焦于《透明的红萝卜》《红高粱家族》《丰乳肥臀》《四十一炮》《檀香刑》《生死疲劳》《蛙》等作品之上，这些作品被专门评论、研究，这很容易理解，上述作品毕竟是最能代表莫言成就和风格的所在，人们观察、评价一个作家必然会注视、欣赏他那最为耀眼的光彩。但是，有一部作品被人们忽略、冷淡，实在令人遗憾，这就是《天堂蒜薹之歌》。《天堂蒜薹之歌》发表于1988年，是莫言早期的长篇小说。当时，正是莫言创作的第一个高潮期。"红萝卜""红高粱"等作品的巨大影响使他变成令人瞩目的青年小说家，他正沿着"红高粱"的方向全神贯注地创作家族小说和先锋小说，但是，当他看到报纸上报道山东苍山县损害农民利益并导致农民奋起反抗的"蒜薹事件"的时候，不平则鸣的灵感喷涌而来，不由自主地中断手中的家族小说和先锋小说的创作，用三十五天时间迅速完成了《天堂蒜薹之歌》的创作。《天堂蒜薹之歌》首发于大型文学杂志《十月》1988年1期上，当年便由作家出版社出版单行本。

现在，回过头来我们认真地思考、估量，觉得《天堂蒜薹之歌》的艺术成就远远超过新时期以来一些大胆介入现实的小说，在莫言的诸多作品中，即使不是最好的一篇，却也是上乘之作，和那些备受关注、好评如潮的作品相比，自有其不容忽视的艺术个性。但是，令人奇怪的是，《天堂蒜薹之歌》几乎没有引起文坛的广泛关注和重视。"出版以后，无声无息的，一篇评论文章也没有。"① 那么，《天堂蒜薹之歌》是怎样被忽略、湮没的呢？它的艺术价值又究竟体现在哪里呢？

一

一部作品的价值被发现、褒扬或被冷淡、拒绝，除了其本身的质量之外，还与其所处的历史场域有关。文学的价值生成也和"真理"的发现具有类似的情况，与其说是一种纯粹逻辑性的客观的发现，毋宁说是一种复杂的历史机遇促成的。不存在一种高高在上的绝对抽象的文学价值，只有粘连着各种文学的和历史的因素的价值。这些因素纵横交错、高

---

① 莫言、王尧：《莫言王尧对话录》，苏州大学出版社，2003年，第138页。

低起伏、相互碰撞、汇合、分离又冲突，形成某种复杂的形势，像百慕大三角一样具有某种不可思议的力量，可以使一部作品沉入深处，又可以把一部作品推向高峰，还可以将它推向低谷或某个角落。

回顾《天堂蒜薹之歌》登场之际，在当时的历史氛围中，除了"农民暴动"这种题材的令人棘手之外，其他各种文学力量、潮流也都不利于《天堂蒜薹之歌》价值的生成和传播。从莫言自身的创作情况看，他是以"红萝卜""红高粱"这种具有魔幻意味、先锋性与寻根性的姿态被文坛和社会广泛接受、认可的，社会和文坛将他的形象定位于寻根小说家或先锋小说家。"文革"结束之后，从王蒙的不伦不类的意识流探索起步，先锋小说步履蹒跚，艰难而顽强地行进，期间虽不断遭受不该有的压制、折磨，却终于在80年代中期形成一种巨大的浪潮，探索实验类型的小说受到更多人的青睐和关注。李陀的《现代小说技巧初探》(1982) 几乎变成了小说家必读书，李陀也抛出了《自由落体》这样的实验小说。他与冯骥才、刘心武等作家还以通信的方式探讨、呼吁小说实验，引起了广泛的重视和热烈的讨论。相当一部分声名显赫的作家对小说的实验怀有强烈兴趣或极大的好奇心。连《人民日报》这样庄重的报纸都在讨论小说实验。新崛起的青年作家则更具冲击力，马原的"叙事圈套"更吸引批评家的眼光，刘索拉《你别无选择》弥漫着西方"垮掉的一代"的青春焦虑、挣扎和叛逆,并引发了何谓真正现代派的论争(真伪现代派的论争)。近似刘索拉的青春躁动、叛逆的还有陈村,他的《无主题变奏》也在青年读者中获得强烈的共鸣。残雪的《山上的小屋》《公牛》等前所未有地展示了人性深处中的黑暗力量。这种"黑暗的心"随后伴随着余华的崛起获得了更为激进而深切的表现。余华以一组充满暴力、血腥的奇谲叙事脱颖而出,并迅速成长,从而成为先锋派潮流中成就显赫的作家。莫言也劲头十足地进行着先锋性小说实验,他的《欢乐》(1987)、《红蝗》(1987)似乎比"红高粱"来得更为激烈,走得更远,并引起一部分人的不安和批评。莫言后来也觉得,自己成名之后的实验、探索几乎到"野蛮"的程度。在这种狂热的实验、探索的大潮之下,莫言突然拿出《天堂蒜薹之歌》这种贴近现实的近乎社会问题小说的写实性作品,这种美感上的巨大跨度很难让众人跟上脚步。"我猛地在《红蝗》《欢乐》之后写了这么一篇,他们感觉我这一步也倒退得实在太大了,几乎没人来评价。"[1]寻根文学也是覆盖广泛而号召力十足的文学大潮。它的一部分力量使它与先锋浪潮合流,如像韩少功《爸爸爸》这样的作品,它以一种魔幻叙述反省民族文化传统的劣根性。马尔克斯获得诺贝尔文学奖(1982年获奖)

---

① 莫言、王尧:《莫言王尧对话录》,苏州大学出版社,2003年,第138页。

的消息，使中国作家向拉美文学投去了羡慕的眼光，并产生了巨大的共鸣，这使那些雄心勃勃的青年一代更为自信：并不发达地区的作家也可以创造出能够被世界接受的优秀作品。这种刺激也激发了小说魔幻式的求新求变的欲望。李杭育的《人间一隅》也颇有魔幻意味，它把螃蟹写得如同远古的神话故事，并张扬一种近似莫言的"红高粱"一样的原始生命力，以激活一种反叛和创造的文化力量。寻根文学的另外一股力量则把笔触伸向历史深处，一方面将反思文学的政治性反思深化、拓展到深远的文化传统中去，另一方面则试图绕过现实难以攻克的堡垒，在过往的历史中注入更多的自由体验，以释放艺术之为艺术的更为广阔、深邃的自由精神。这些作家虽然继续使用写实性叙事，却对自己置身其中的现实望而却步。

这也不难理解，源于"文革"结束之后改革文学的现实叙事，大胆介入社会现实矛盾的精神，在借助50年代业已提出的"干预生活"的口号的鼓舞下，在短暂的兴奋之后日趋乏力，既不能满足人们的艺术诉求，也无法更深入地介入现实。蒋子龙式的理想主义既难以为人们化解内心的现实焦虑、矛盾，又无法在文化、审美方面提供一些更具新意的尝试。柯云路的《新星》是改革文学的最后高潮。它固然产生了极为广泛的社会影响，却没有引起文学界的任何兴奋。作家和批评家几乎是以一种绝望的眼光审视着《新星》的光辉。他们发现，介入现实将会不可避免地被现实约束、压制，古老的清官心态很难寄托知识分子对现实的诉求。与此同时，文学对乡村生活的现实书写也遇到巨大的障碍。早期的乡土改革小说难以避免地带有图解政策的缺陷。到了80年代中期，像贾平凹《正月·腊月》《鸡窝洼人家》之类的作品则以进步论简单、机械地模仿时代变迁。总之，现实本身复杂而艰巨的问题以及由此牵连的审美问题，使文学与现实的对话难有成就和自信，文学难以展开翅膀自由地飞翔。于是，绕开，乃至回避社会现实尖锐矛盾的日常生活叙事即所谓"新写实"便成为写实性叙事的一种必然。《钟山》杂志1989年倡导新写实运动，可是，新写实小说最初兴起的标志性作品却能够追溯到1987年方方的《风景》。可见，当时的这种文学格局以及文学兴奋点，难以接受《天堂蒜薹之歌》这样的直指现实矛盾的作品，人们对介入现实的艺术姿态缺乏足够的兴趣和信任，甚至会引起一种本能的反感、厌倦。这也是导致《天堂蒜薹之歌》被忽视的重要原因之一。莫言回忆当时文坛的时候说：

> 进入80年代以来，文学终于渐渐地摆脱了沉重的政治枷锁的束缚，赢得了自己的相对独立的地位。但也许是基于对沉重的历史的恐惧和反感，当时的年轻作家，大都不屑于近距离地反映现实生

活，而是把笔触伸向遥远的过去，尽量地淡化作品的时代背景。大家基本上都感到纤细的脖颈难以承受"人类灵魂工程师"的桂冠，瘦弱的肩膀难以担当"人民群众代言人"的重担。创作是个性化的劳动，是作家内心痛苦的宣泄，这样的认识，一时几乎成为大家的共识。如果谁还妄图用作家的身份干预政治、幻想着用文学作品疗治社会弊病，大概会成为被嘲笑的对象。但就在这样的情况下，我还是写了这部为农民鸣不平的急就章。①

二

《天堂蒜薹之歌》最值得重新审视、珍视的地方是它将现实批判赋予强大的艺术力量，以艺术的方式进行现实批判。莫言直面现实尖锐的矛盾，将刚刚发生的社会重大事件转化为结构完整、蕴含丰润的长篇小说，其创造性才华不能不令人称道。他有凛然的正义感和深沉的良知，更有着与农民的天然血肉联系，面对官僚体系的昏聩、专横和农民的苦难，他忍无可忍，不平则鸣，然而，他更知道他是一个小说家而非政治家，是一个艺术工作者而非新闻记者，小说家介

---

① 莫言：《〈天堂蒜薹之歌〉新版后记》，《天堂蒜薹之歌》，上海文艺出版社，2012年，第330页。

入现实的最好方式是小说。

从当代文学上看，这种题材很容易变成报告文学或其他纪实类创作的题材。以事件本身为重心，调查事件真相、清理明晰的逻辑过程、找出事件发生的前因后果、挖掘现实意义等等往往是这类纪实性作品的套路。在这种纪实性叙事中，事件成为一种压倒一切的力量，人物、情节和环境也很容易受到更多牵制，甚至成为事件的傀儡，它们必须更为直接地与事件构成一种明晰的因果关系，这将无可避免地把艺术挤压到最低限度，成为为事件服务的手段。纪实类作品的价值仅仅指向现实事件本身，并不在意艺术的持续性或长久性，因而这类纪实性作品往往随着事件的陈旧、老化而逐渐暗淡下去。实际上，从蒋子龙到柯云路的改革小说叙事也面临着类似的问题。那种直接触及现实的改革小说尽管由于其小说的想象力或虚构性，而并不依附于具体事件，但是，它却依附于现实状况，一旦现实或人们的现实感发生变化，这类作品的魅力立刻就会烟消云散。

《天堂蒜薹之歌》之艺术力量首先体现在它既深切地介入事件、现实又超越事件、现实的叙事能力。既然"蒜薹事件"就在眼前，自己已经被事件吸引，那就要最高程度地超越"蒜薹事件"本身，让"蒜薹事件"脱离社会事件或新闻事件的真实性，变成小说艺术的真实性。看到新闻报道，莫言不是去鲁南的苍山县走访、调查，更没有去那里所谓体验生活，而是来个乾坤大挪移，把发生在苍山县的"蒜薹事件"转移到他所熟悉的家乡山东高密东北乡，把"蒜薹事件"里的人物转换为他所熟悉的家乡亲属和农民，以莫言四叔的悲惨遭遇为原型结构小说叙事，这就使小说叙事能够建立在充沛而饱满的生活体验之上。莫言的高密东北乡并非是一般意义上的故乡，并非仅仅是他童年经历、记忆的存储仓库，更是精神、情感、意识、故事、人物等小说叙事的想象力创造基地。这种想象力足以融化各种事实意义上的存在物，并将它们插上小说的艺术翅膀，注入飞翔的灵魂和动力。这种小说虚构、想象的道理尽管尽人皆知，却只有优秀作家才能在创作中真正完成。

让"蒜薹事件"转换成小说叙事一个首要因素是情节结构。从情节结构上看，《天堂蒜薹之歌》是莫言真正意义上的长篇小说，此前的《红高粱家族》虽然号称长篇小说，但仅仅是由系列中篇构成的，并没有真正意义上的长篇小说的完整结构。从这点上看，《天堂蒜薹之歌》也不容忽视。它让我们看到，善于创作长篇小说的莫言在其最初起点上结构长篇小说的艺术才华。

"蒜薹事件"作为重大社会事件有其自身的叙事逻辑，它要求严格的明确清晰，各种因素之间的因果关系更为直接有力，尽量避免旁逸斜出，以获得对事件本身的深入思考，达到直接有效的社会效果。要害是事件本身。莫言作为小说家的高明之处在于：（1）打破社会重大事件自身的顽固的逻辑惰性，他颠倒时空、变化视角，不断中断事件叙事的过程，在事件连绵起伏的山脉上进行多点爆破，使之分裂成一座座或高或低、形态各异的孤立山峰，然后再把它们进行不规则的组合，把它们从事件因果逻辑的链条中分离出来。（2）然后让它们——一座座相对独立的山峰变成结构小说的板块，变成一座舞台，让不同性格的农民及其悲惨命运成为叙事的重点。（3）由于不同性格的农民及其生活成为叙事主要对象，每个人物就是一个视角，视角不断变化，使这些板块的宽度和厚度获得了极大的扩展、延伸，并具有了不同的形状和质地。"蒜薹事件"作为一种叙事枢纽，巧妙而复杂地牵连着全局，决定了那些农民的悲剧命运，但并不是农民生活的全部，他们的生存状态要比"蒜薹事件"更为丰富、复杂和尖锐，远远超出了"蒜薹事件"本身的逻辑制约，即社会事件的逻辑受到有力的遏制的同时，人物被凸显出来。这正如莫言所说："这是一部小说，我不为对号入座者的健康负责。现在我还是要申明：这是一部小说，小说中的事件，只不过是悬挂小说人物的钉子。"[①]高羊、方家、高马、民间艺人张扣等农民成为叙事的重心。

　　纵向梳理《天堂蒜薹之歌》的话，高羊可以看作一条

————————
　　① 莫言：《〈天堂蒜薹之歌〉新版后记》，《天堂蒜薹之歌》，上海文艺出版社，2012年，第330页。

单独的线索，他的被抓捕、拘留以及被审判，尤其是他把小说叙事带入拘留所这样的特殊空间。他的地主出身不断被提及，又使他不断地回到过去，从而增加了小说的历史纵深感。高马与方金菊的婚姻可以看作一条线索：他们相爱，高马与方家的激烈冲突、与杨助理冲突、与方金菊逃跑被抓回……，直至他们双双死去。他们的爱情悲剧可以直接反映农民现实的苦难生存状况，也折射出古老而丑陋的乡土文化习俗的残酷一面。方家可以单独成为一条线索，方四叔、四婶顽固坚持换亲，方四叔死于乡政府汽车轮下，方四婶被裹入暴动的人群、被关押，直至方家家破人亡，而方家的两个儿子性格则耐人寻味。民间艺人张扣也可以单独作为一条线索，他的歌唱始终回荡在作品之中，一方面让众多人物始终牵连着蒜薹事件，另一方面象征着更为广泛的民间心态极其不屈的反抗。张扣的惨死则是令人愤怒和恐惧的黑洞。这些线索有交汇、交叉，如高马与方金菊这条线索与方家有更多的交汇，高马与方家构成一种激烈的冲突，但是，并未达到高度的集中，没有像麻绳一样完全被拧在一起，而是相对松散，更多的情况下是单独延伸、发展，又粘连着其他人或事，呈现出一种开放的放射性状态，像是不规则的蜘蛛网在风中颤动、飘荡，也像是参差不齐的线绳串联起不同颜色的珠子，每个珠子放射着不同的光泽，令人瞩目、品味。显然，这并非是那种规范意义上的写实小说的结构，而是浸润着先锋意味的写实小说结构。

　　结构的开放性，也带来了作品意义的丰富性和深刻性。小说的结尾的安排值得特别注意，它是一个彻底的悲剧，农民们或者死亡，或者被判徒刑，极大地强化了小说的现实政治批判精神，显示了作家强烈的正义感和写作勇气。《群众日报》的官方文章作为一种叙述蒜薹事件的特殊文本与小说叙事形成鲜明的对照，具有极强的反讽意味，和令人深思的内蕴。被严肃处分的县长、书记不久就在别处官复原职则更是意味官僚体制的顽固惰性。风暴平息了，社会依旧恢复到固有的轨道。这无疑极大地强化了作为主旨的政治批判的力度和深度，但是，作品并非单纯的政治批判，而是政治批判和文化批判的高度融合。它在政治批判的过程中，一直存在着更为深切的文化批判。高羊、方家人的性格、高马和方金菊的爱情悲剧则同时也指向文化批判。高羊是那种中国社会最常见的平凡的农民，在他身上浸透着相当浓厚的奴性意识。方家人沉沦在"换亲""阴亲"这样的古老习俗中，让我们感到乡村社会中弥漫着的强烈而沉重的文化滞后性，从而又暗示了乡村社会政治落后的传统文化基础。方四叔的固执、暴躁和方家兄弟的自私、阴郁，让我们想起苦难和愚昧的重压之下农民的性格畸变和人性黑洞，在文化与人性之间还存在着一些复杂的令人思考的暧昧之处，而这又恰恰是作品更耐人回味的地方。

三

《天堂蒜薹之歌》的最大的魅力是它的人物形象。它塑造了一批血肉丰满、生气勃勃、性格各异的农民形象。无论是主要人物，还是次要人物，抑或是偶尔出现的临时性人物，都各有自己的性格，都栩栩如生、历历在目，呼之欲出，丝毫没有牵强、生硬的感觉，没有被作者的意图控制，而是按照自己的性格逻辑行动。他们的喜怒哀乐、意志、欲望，连同他们的一颦一笑、一举一动，都来自于他们自己的内心，都符合他们的性格和特定情境之下的心态、情绪。阅读《天堂蒜薹之歌》，你仿佛无意间走进了山东高密东北乡，与那里的村民在村庄里、在街路上、在集市里、在他们家里相遇，与他们聊天、吃饭、勾肩搭背或纠纷、摩擦、吵架，你能闻到他们身体的汗味，和他们家的蒜薹腐烂和鸡粪的臭气。

作品结构更有利于人物塑造。它的那种以事件悬挂人物、把人物作为核心的结构方式，为人物活动提供了广阔的自由空间，放弃对情节、戏剧性冲突的刻意经营，使它能够将叙事的力量更集中地倾注在人物身上。莫言的自由而恣肆的感觉极大地活跃了人物敏锐的感觉器官，和瞬间微妙的心理状态，使人物生机四射，活力无比，也使细节表现得更为深切。最为重要的是，莫言具有一个优秀作家的天赋和灵气，他能够将自己的想象力触角深入到其笔下人物的灵魂中去，深入到人物躯体里，深入到人物的每一个汗毛孔里，他甚至能够把自己变成那个人物，与人物同呼吸共命运。神与物游，物我合一，心神迷狂。人物的一切就是他的一切，他的一切就是人物的一切。这也是莫言酒神性写作的一个突出特点。莫言与人物的这种关系，体现出他对"生活世界"和个体生命的深深敬畏。尽管不平则鸣，抨击现实的丑恶，但是，"生活世界"及其各色生命的存在并非能够完全被我们替代，并不能完全合乎我们的意志。正所谓生命之树常绿，概念永远是苍白的。莫言说自己的写作是"作为老百姓写作"，是个人的视角，是以平等的姿态看待芸芸众生。在写这部作品的时候，他强调自己来自农村因而也是一个农民，他是以一个农民的身份看待农民。"他不但不认为自己比读者高明，他也不认为自己比自己作品中的人物高明。"[1] 平凡之人往往更倾向那种揭示病苦并拿出治疗药方的乐观主义，深刻的文学家却不屑为之。因为他更清楚地知道，能拿出药方的都不是大病，拿不出药方的才是更大的病苦。

高马清醒、执着而倔强，具有强烈的反抗性。作为复员军人，他有着和普通农民所不同的思想觉悟，是在社会变

---

[1] 莫言：《作为老百姓写作——在苏州大学"小说家讲坛"上的演讲》，《小说的气味》，春风文艺出版社，2003年，第9页。

革的过程中一定程度上获得了现代意识的青年农民。他真挚地爱着方金菊，并坚信这种爱是正当而合理的，因此，敢于对抗方家的换亲这种丑陋的习俗，无论是方家的殴打还是杨助理的阴险阻挠，都不能动摇、改变他对方金菊的爱。在一切努力都无济于事的情况下，他试图带领方金菊逃离自己村庄，在被方家阻拦之后，他仍然一如既往地爱着方金菊，并希望他用种植蒜薹赚来的钱把方金菊从方家赎回。但是，"蒜薹事件"却无情地打破了他对爱情的最后希望。他在"蒜薹事件"中高呼打倒贪官污吏，在审判他的时候也毫不屈服："我恨你们。"他的死一方面是一种绝望，另一方面则是他顽强的反抗性格的自然表现。在他悲剧中集中着更为尖锐而强烈的现实批判性。高羊性格和高马形成一种鲜明的对照。他软弱而愚昧，像绝大多数乡村农民一样，小心翼翼地生活，宁可将生活的一切苦难隐忍下来，也不愿意惹是生非，更谈不上抗争了。他参与了"蒜薹事件"，是偶然的不知不觉被裹入的结果，他打砸县长办公室，完全是被众人感染和鼓动起来的冲动，一旦被捕、判刑他就立刻后悔自己的行为，甘愿被惩罚。但是，作品通过他的苦难生活历程的叙事，将农民的苦难置于历史演变之中，强化了作品叙事的历史感。高羊之所以像羔羊一样驯服、规矩，主要原因就在于他出身地主，长期以来饱受摧残和折磨，再也没有勇气去争取什么了。方金菊是矛盾与坚定的统一。一方面挚爱高马，另一方面却不忍心背叛父母和兄弟，甚至萌生出宁可牺牲自己的爱情的想法，但是，当她和高马逃跑以后，尤其是怀上高马的孩子以后，爱情就变得坚定不移了。她忍受着巨大的压力和痛苦等待着高马赚钱把她救出去，但是，父亲方四叔被乡里汽车撞死、母亲方四婶因蒜薹事件被捕、两个哥哥分家、高马被通缉等一连串的致命打击，终于使她完全绝望，带着肚子里的孩子悬梁自缢。在她死了之后，她的尸骨被她的哥哥卖给别人做"阴亲"。方家的其他人物则更为复杂、阴郁，贫穷、苦难的生活把他们的心肠磨砺得坚硬、凶狠、愚昧和冥顽不化，他们的性格、心态似乎全部沉陷在深远的过去，社会变化、发展几乎没有在他们的性格上留下任何痕迹。这组人物悲剧性格不仅显示了农民物质和精神的双重贫困，同时也暴露了乡村社会里人性的阴冷、家庭伦理的危机。全家人都愿意用方金菊"换亲"，宁可牺牲方金菊也要为残疾的大哥娶亲。方四婶固然还残留着一丝乡村女性长辈的柔情，更多的情况下则显出刁蛮和冷漠。方四叔专断、固执而暴躁，对外他胆小谨慎，在家里却专横独断，严厉而粗暴，换亲遭到方金菊的反抗，就试图用残酷的暴力改变方金菊的意志，在换亲失败以后，则把金菊像牲口一样卖给高马：一万块钱，一手交钱，一手交货。此外，方家兄弟、村长高金角、杨助理、麻脸青年，甚至那个死囚犯人也都可以看作被成功塑造的人物形象。

鳄鱼的"血地"温情与狂放幽默

——莫言散文的故乡情结与恣肆反讽

莫言是小说家，不是散文家。像许多小说家一样，莫言散文并不多，在散文领域也并未产生任何影响。莫言自己也并不重视散文，更没有当散文家的想法。他的散文不过是写小说之余的副业，有的甚至仅仅是为了应酬刊物的约稿。这也难怪，在当今文坛，虽然也有所谓"散文热"，但是，散文还是没有受到普遍的重视。只有小说才是"正道""大道"，而散文似乎变成了雕虫小技。和数量众多的小说相比，莫言散文集只有两部：《会唱歌的墙》（人民日报出版社，1998 年 12 月），《写给父亲的信》（春风文艺出版社，2003 年 10 月）。莫言似乎没时间料理这些"鸡零狗碎"的"小玩意儿"。他把精力全部集中在那些雄心勃勃的大小说上了。这种对散文的轻视或许会使散文家感到不快，但是，莫言的散文能够给散文园地增加光彩。我以为，莫言散文确实具有自己的独特风味。一些作品完全可以和"五四"以来的优秀散文相提并论。情况也许是这样的：尽管写好散文并不是一件轻松的事情，但是，让一位优秀的小说家写不出好的散文，也不是件很容易的事情。他越是轻视散文，就越是没有负担、包袱，就越是具有散文所具有的自由心境。这恰恰就进入了散文的艺术世界。

一

如果将作家进行分类的话，莫言无疑属于鳄鱼型作家。如果说金鱼型作家是在精致的规范中展示自己的中正典雅的话，鳄鱼型作家却带着淋漓的泥水和土腥在撞击规范中显示他的狰狞、粗粝之美。莫言在20世纪80年代中期的文坛上一出现，就带着冲击规范的鳄鱼的土腥气息。无论是对根深蒂固的现实主义文体规范，还是对日常、传统的伦理规范，莫言都有大胆越轨的一面。或许人们以为那时莫言是借着先锋派的势力才这样大胆和幸运的，其实不然，"鳄鱼"是他的根性，因此，在90年代以后，先锋派逐渐落潮，莫言依然保持着先前的鳄鱼性情。《檀香刑》《四十一炮》《生死疲劳》都散发着浓烈的鳄鱼气味。然而，莫言在散文上给我的第一印象却是"规矩"与"质朴"。

如果从宏观上考察的话，莫言散文属于"五四"以来乡土抒情散文这一类型的。莫言散文和他的生活经历，尤其是他童年的故乡经历具有密切关系。或者直接叙述故乡童年时代的生活，或者表达对故乡、亲人的情感，他的那些精彩的篇章，几乎都是他从乡村记忆和情感的闸门中释放出来的。他无意"向外"看，无意反映社会、时代，如果说在小说那里他是一脚"向内"，一脚"向外"的话，在散文里，他几乎是放弃了"向外"。回到自己的内心，回到过去，回到童年时代的乡土，是莫言散文最鲜明的旨趣。童年的故乡生活，是他反复书写的对象。这不仅是他小说的"血地"和灵感来源，也是他散文的根须。即使是那些书写现实的作品，也会很快与童年和故乡联系起来。在诸多作家之中，莫言是和自己的故乡精神关系最为密切的一位。他的成名作《透明的红萝卜》《红高粱家族》就得益于他童年时代故乡的经历和故乡往事的体验。唯其如此，莫言对故乡的情感也更为自觉。这方面，他在福克纳那里也受到了巨大的启发和鼓励。福克纳不断写他家乡邮票大小的地方，莫言也自觉地反复书写高密东北乡。他不止一次地表达过这样的意思：作家的故乡并不仅仅是指父母之邦，而是指作家在那里度过了童年乃至青年时期的地方。这地方有母亲生你时流出的血，这地方埋葬着你的祖先，这地方是你的"血地"。

《从照相说起》《我的老师》《童年读书》《我的中学时代》《我和羊》《过去的年》《会唱歌的墙》《写给父亲的信》《厨房里的看客》《吃相凶恶》《忘不了吃》《第一次去青岛》

等等，这些散文构成了莫言从童年时代到青年时代的完整图像。从这些散文中，我们大体可以了解莫言青少年时期的生活，知道他的家人、朋友和老师，甚至可以窥测莫言的性格及其心理、情感秘密。当然，也可以领略20世纪50—70年代中国乡村农民生活的真相，领略他不断书写的山东高密东北乡的风俗人情。在小说创作领域，莫言极端轻视文学的真实性而强调想象力。他把想象力看作文学最重要的素质，并放纵自己的感觉，但是，在散文中他相对收敛了感觉、想象的翅膀，从而使自己变得相当的"规矩"和"质朴"。这种不同文体之间的矛盾，同样符合莫言的实际。狂放的感觉与规矩、质朴，同样存在于莫言的内心深处。从这个角度上讲，他的散文非常符合"真实性"的美学原则。在散文创作中，一直存在着真实与虚构性之间的冲突。莫言应该属于真实派。虽然莫言自己似乎无意将散文完全和"真实"联系起来：

根据个人的阅读经验，50年代很典范的模式化的杨朔散文，起初认为是真的，后来发现是作家虚构的。其实，很多被视为典范的散文，其事件是虚构的，很不可信。当然有的作家自己没有意识到这是在虚构。现在，报刊需要越来越多的散文随笔，诸如母亲生日与鲜花的故事，看似真实，富有哲理，我认为也是假的。任何一个作家，不可能有这么多的巧遇巧合。其实，国外、港台、内地作家的散文，都有虚构。没有谁保证他的散文随笔都是真人真事。所以，散文和小说的界限就很难区分了。[①]

但是，莫言同样清醒地意识到，散文的虚构仍然无可避免地要受到限制，不可能达到小说虚构的那种程度：

> 写散文比写小说还麻烦，小说家可以无穷无尽地编造故事，但无法无穷无尽地编造散文。在他个人创作中，写狗、马的散文有一点儿事实，但大多当小说来写。[②]

这种将"散文当作小说写"的散文态度，使莫言的散文超越表层真实达到了深层真实，即精神性的真实。表层真实无论有无，并不具有决定性的意义，深层真实才是散文（文学）的最终真实。优秀作家可以编造事件，但是，却无法编造内心的真实情感。莫言在他的第一部散文集《会唱歌的

---

① 徐正林：《莫言：我把散文当小说来写》，《羊城晚报》，1999年2月9日。

② 同上。

墙》的序言中说：

> ……我想一个人写小说总是要装模作样或装神
> 弄鬼，读者不大容易从小说看到作者的真面目，但
> 这种或者叫散文或者叫随笔的鸡零狗碎的小文章，
> 作者写时往往忘记掩饰，所以更容易暴露了作者的
> 真面目。①

莫言不喜欢为表层真实所约束，正是他对内心真实的忠诚。尽管散文是一种没有文体理论的文体，但是，对内心真实的要求是散文的绝对要求。对内心忠诚的程度决定了散文品位的高下。为了达到内心真实，莫言往往突破表层真实，让对象与自己的感觉融为一体。莫言认为，没有心灵和想象力对于对象的融入，往往是缺乏真实感的。他把想象力看作创造内心真实的最重要的手段，和作家的最根本、最宝贵的素质：

> 想象力毫无疑问是一个作家最根本的东西。想
> 象力是你在所掌握的已有的事物、已有的形象的基
> 础上创造出、编造出的一种崭新的东西，事实上想

---

① 莫言：《〈会唱歌的墙〉序言》《写给父亲的信》，春风文艺出版社，2003年，第244页。

象力是一种创新能力。①

因此，他的散文在细节上经常会有超现实的惊人之笔。

莫言的散文表达了自己对于故乡的真切情感。莫言的童年是在贫困和饥饿中度过的，充满着令人心酸的苦难、悲惨。这些苦难作为一种悲剧性人生体验，构成了莫言笔下一种无所不在的童年故乡生活背景，并经常以不同的方式进入他的作品之中。如他作为中农的孩子被歧视，因为中农的家庭出身而无法上中学；因为偷了一个生产队的萝卜而在大会上做深刻检讨，跪在毛主席像前请罪，这是他的成名作《透明的红萝卜》的灵感来源；饥饿造成营养不良，使他骨瘦如柴，在三年困难时期，他吃野菜、啃树皮，抓蚂蚱吃，抓鱼吃……但是，莫言并不喜欢完全倾诉苦难、不幸和辛酸。苦难只不过是一种因素，绝不是主要的因素，更不是唯一的因素。当他离开故乡的时候，时间的推移洗刷了往昔的苦难记忆，对都市生活方式的隔阂、反感，也会促使他回味乡村的童年生活，并注入了甜蜜的怀念、流连。这里，我们发现，在小说中那个胆大妄为的莫言不见了，浮现出来的是温和敦厚的莫言，是不断回返过去，反复品味乡情及人伦情感的莫言。这或许是莫言作为一个山东作家、一个山东大汉的挥之

---

① 莫言：《故乡·梦幻·传说·现实》，《小说的气味》，春风文艺出版社，2003年版，第164页。

不去的脉脉温情。

《从照相说起》有些凄苦、悲凉。奶奶偏心眼儿，总是偏向堂姐，母亲在大家庭中受奶奶的压迫，她总是在操劳、疾病之中煎熬。爷爷保守、倔强，奶奶偏心眼儿，父亲积极，刻板，大家庭内部的磕磕碰碰，并不和谐。但绝对没有令人窒息的氛围。我和堂姐照相，是二十岁之前唯一的照相，但是，那种自嘲自贬的语调，顽童性格，"照相"场面的热闹，使作品表现出一些甜蜜的喜剧性因素。《卖白菜》似乎非常压抑，由于贫困不得不将仅有的三棵白菜拿到市场上去卖，以至于连自己家里过年吃饺子的菜都没有了，结尾的时候，却一个转折，文章变成了对母亲诚实素朴的品格的赞美，这或许是他写《丰乳肥臀》的无形根基。语言平实、素朴、端庄，情感内敛、深沉。贫困、苦难、悲凉一直缓慢而沉重地自然铺开，累加，在结尾的时候，突然"逆转"将把全篇推向了高潮。苦难的母亲变成了平凡而崇高的乡村女性。莫言一向拒斥"崇高"，那是因为流行的"崇高"含有夹杂着太多的混浊，但是，他仰慕这种乡村女性的崇高。《厨房里的看客》也是对母亲的回忆和怀念。莫言是厨房的看客，尤其愿意看妻子收拾海鱼，这是因为收拾鱼能唤起童年家乡的记忆，能浮现出当年母亲在厨房操劳的情景。在莫言这里，更多的情感是对故乡的眷恋，对亲情的归依，对童年欢乐的回味。《写给父亲的信》是一篇可以和朱自清《背影》一道载入散文史册的作品。在莫言的散文中，父亲是死板而严厉的，他的威严能使童年的莫言胆战心惊，屁滚尿流。但是，这里莫言毫无阻隔地与父亲娓娓而谈，在看似琐细的关于故乡食物、事物的攀谈中，令人恐惧的严厉父亲也变成了慈祥的父亲，他当年的严厉也变成了一种有益于成长的家庭氛围。那种浓重的山东乡土语言，超越了与故乡的空间距离，也拆除了与父亲的心理隔阂，故乡与父亲亲密无间地融入了莫言的情感深处。结尾是一种回乡、回家的韵味：

> 大，文章写得不好，您看了不要生气。今年春节我们会回去过年，您能做点儿黄酒吗？用黍子米做，不要用地瓜。另外告诉俺二嫂子，让她用酱包上几个地瓜放着，我好久没吃地瓜咸菜了。
>
> 三儿　拜上

《过去的年》基本上是风俗散文。莫言温情脉脉、如数家珍似的叙述着家乡春节习俗。先是盼望过年，然后是腊月初八，吃腊八粥，下一站就是辞灶日，最后就是春节。《会唱歌的墙》是写故乡的景物，跳动着一种欢快的情绪，表达着莫言对故乡的深切情感。写黄土路、黑土、草甸子、池塘、墨水河以及各种昆虫、昆虫的声音等，中间还插入了一个池塘的民间传说和现代传说。"会唱歌的墙"是门老头到处收酒瓶子，用酒瓶子垒起一道墙，把高密东北乡与外界分开。一刮风，那瓶子就发出各种呼啸：

> 在北风呼啸的夜晚，我们躺在被窝里，听着来自东方变幻莫测、五彩缤纷、五味杂陈的声音，眼睛里往往包含着泪水，心中常怀着对祖先的崇拜，对大自然的敬畏，对未来的憧憬，对神的感谢。

《忘不了吃》其中有一部分以"草木虫鱼"为标题，写童年由于饥饿在野地里寻食，但同时，也是一种刻骨铭心的自由、欢乐，还是一种嘲弄、讽刺：

> 好多文章把三年困难时期写得一团漆黑、毫无乐趣，我认为是不对的。在那个特殊的时期里，也还是有欢乐，当然所有欢乐大概都与得到食物有关。那时候，我六七八岁，与村中的孩子们一起，四处游荡着觅食。我们像传说中的神农一样，几乎尝遍了田野里的百草百虫，为丰富人类的食谱做出了贡献。

《故乡往事》几乎是运用了他的小说写法，有传奇和神奇的味道。莫言两岁的时候，掉进茅坑，哥哥把他捞上来，他感到的是河水是滚烫滚烫的。在大炼钢铁的时候，来一群人杀家里的老树，老树被拉倒了，却把杀树的人砸在树冠之下。莫言在生产队被欺负，爷爷去教训了那些人。三个小故事，类似于三篇微型小说。《也许是因为都当过"财神爷"》也类似于小说。这是一种"还乡"情绪，"我"回到故乡，会见过去的亲密伙伴。昨是而今非，儿时的一起扮财神要饺子吃的伙伴冬妹已经成了三个孩子的母亲，她的丈夫是个猜疑心很重的哑巴，三个孩子有两个是哑巴。这种结构类似于鲁迅的小说《故乡》，但是，已没有了知识分子的那种居高临下的启蒙意识，"我"只是无限深情地投入到回返故乡的情感之中。但是，冬妹的境遇也还是让作品漂浮着一种悲凉的气息。

二

作为乡土抒情散文，莫言的散文本色、自然、淳朴。不是紧张、激越地放纵感觉和想象，而是松弛、平静地慢慢道来，但是内部的情感非常饱满，情真意切，感人至深。如《童年读书》《写给父亲的信》《厨房里的看客》《过去的年》。有些作品含有一定的技巧，如《卖白菜》结尾的逆转，《我与羊》《也许是因为都当过"财神爷"》《故乡往事》等也都有小说化的痕迹，但是天衣无缝，不失自然本色的风韵，等等。如果追溯一下这种散文文体的渊源的话，可能和古典田园散文具有一定关系，和"五四"时期鲁迅等乡土作家的乡土散文有密切关系。如鲁迅的《朝花夕拾》。后来沈从文、李广田将这种散文铸成规模。乡土抒情散文依靠对切身经历的童年往事的亲切回味表达情感和思想。情感的真诚投入具有决定性的作用，没有真诚的情感这类散文很难写得感人。但是，情感不是张扬、外露的，而是与事件、人物、风俗人情水乳交融，因而，这种散文往往有平淡的真味。记忆不可能纯粹客观地记录着远去的事件，必然要不断潜移默化地融入作家的情感。当作家被记忆蛊惑、召唤的时候，也意味着作家被自己的当下情感支配。梁实秋说，一种散文就是一种人格。这意味着不同散文和不同的人格或心理气质具有密切关系。只有那些对故乡、童年魂牵梦绕、难以忘怀的心理或性格，才能写好这样的乡土抒情散文。莫言大体上是属于听凭记忆召唤的作家，属于根植乡土的作家。他将家乡当作自己生命和文学的血地，倔强地坚守着那种乡土情感和乡土价值，不以城市居民自傲，反以农民身份对抗城市价值。不用说，京派作家沈从文、萧乾，他们都是以"乡下人"自居，对抗城市价值，和莫言一样同属于山东籍的作家李广田，也同样如此。这位创作出"山之子"的乡土抒情散文作家，在最具有现代主义气味的朋友身边（何其芳、卞之琳）却自称"地之子"。他说：

　　我是一个乡下人，我爱乡间，并爱住在乡间的人们。虽然在这座大城市里住过几年了，我几乎还是像一个乡下人一样生活着，思想着，假如我所写的东西里尚未能脱除那点儿乡下气，那也许就是当然的事体吧。……我并不是说我除此而外便什么也不喜欢，实际上是我这点儿乡下人的气分时常吸引着我。我知道我这个世界实在太狭，太小，而太缺少华丽，然而这个无妨，我喜欢这个朴野的小天地，假如可能，我愿意我能够把我这个世界里所见到所感到的都写成文字，我愿意把我这个极村俗的画廊里的一切都有机会展览起来。①

　　莫言对"乡下人"身份的固守，不亚于沈从文、李广田。他总是热切地拥抱那种感人至深的乡土道德情感：

　　故乡——农村留给我的印象，是我创作的源泉也是动力。我与农村的关系是鱼与水的关系，是土地与禾苗的关系。……虽然我离开农村进入都市已经十好几年，但感情还是农村的，总认为农村一切

---

　　① 李广田：《〈画廊集〉题记》，《李广田散文（一）》，中国广播电视出版社，1994年，第123页。

都好。①

莫言认为，小说要有一种气味。莫言的小说就散发着他童年故乡体验的气味，而他的散文也是如此。他把创作看作重返童年故乡，寻找童年故乡的精神体验：

> 作家的故乡并不仅仅是指父母之邦，而是指作家在那里度过了童年乃至青年时期的地方。这地方有母亲生你时流出的血，这地方埋葬着你的祖先，这地方是你的"血地"。②

这种童年故乡体验被莫言上升到一种文学理念：

> 李贽提出"童心"说，他认为："夫童心者，绝假纯真，最初一念之本心也。"有了"最初一念之本心"，就能看到一个真实的世界。如康·巴乌斯托夫斯基说："对生活，对我们周围一切的诗意的理解，是童年时代给我们的最伟大的馈赠。如果一个人在悠长而严肃的岁月中，没有失去这个馈赠，那

---

① 莫言：《故乡往事》，《写给父亲的信》，春风文艺出版社，2003年版，第1页。

② 莫言：《超越故乡》，《会唱歌的墙》，作家出版社，2005年版，第207页。

就是诗人和作家。"(《金蔷薇》)最著名的当数海明威的名言:"不幸的童年是作家的摇篮。"当然也有童年幸福的作家,但即便是幸福的童年经验,也是作家的最宝贵的财富。从生理学的角度讲,童年是弱小的,需要救助的;从心理学的角度讲,童年是梦幻的、恐惧的、渴望爱抚的;从认识论的角度讲,童年是幼稚的、天真的、片面的。这个时期的一切感觉是最肤浅的也是最深刻的,这个时期的一切经验更具有艺术的色彩而缺乏实用的色彩,这个时期的记忆是刻在骨头上的而成年后的记忆是留在皮毛上的。[①]

三

除了故乡、童年的母题之外,其他题材的作品比较散碎,并未形成规模。这些作品大致可以分成两类:一类是闲适性的幽默散文。类似于林语堂30年代的小品文。但是,没有知识分子的儒雅,却有农民式的质朴,这种幽默折射出莫言从容、豁达、洒脱的胸怀。林语堂说,性情小品文什么都可以写,苍蝇之微,宇宙之大,无不可纳入自己的笔下。

---

① 莫言:《超越故乡》,《会唱歌的墙》,作家出版社,2005年版,第208页。

莫言是一个喜欢回忆的人，他除了能够赋予往事以浓郁的缅怀性情感之外，还能向往事中注入活泼的幽默因子。幽默是莫言性格的重要构成。他的小说中有幽默，就是在那些早期的散文中，也有神来的幽默之笔。《我与羊》写他童年时代养了两只心爱的羊。散文好像受了史铁生的"清平湾"的影响，颇有诗意。但是，也偶尔闪出幽默：公羊威武雄壮，昂首阔步，好像公社干部。莫言从故乡走出，进入部队。他写部队生活似乎更愿意回忆最初当兵的情形。这实际上仍然是乡村生活的延续，或者说莫言念念不忘的是初到部队时候的土头土脑的自己，他作为农民新兵的朴实、尴尬。如《讲话》写他代表新兵在大会上讲话，非常紧张，来到台上不知不觉地像首长一样坐着讲，讲完下台，被班长踢了一脚：完了，全砸了。《第一次去青岛》先是铺张，村子里一个妇女去青岛，看到青岛人流氓成性：大白天亲嘴儿；一个小贩子去青岛，是坐火车去的，他能把沿途的火车站倒背如流，令人羡慕不已。莫言第一次去青岛："等到1973年春节过后，我背着二十斤年糕，送我大哥和他的儿子去青岛坐船返回上海时，感觉到不是去一个陌生的城市，而仿佛是踏上了回乡之路。"他从舅舅家去厕所，就迷路了。在木材场一堆堆圆木之间转来转去，从中午一直转到黄昏，才找到舅舅家。他回到村里时，感慨万端地向村里人说："青岛的木头真多啊，青岛人大都住在木头里。"

《洗热水澡》是写莫言在部队里的洗澡。他参军之前没洗过热水澡，穿新军装的时候，带兵的领大家统一洗澡，将全县的两个澡堂子包下，大家一起洗。但是条件太差，感到没有洗好。到部队以后，每逢重大节日，部队集体去洗澡，把澡堂子包下。条件好，服务好，也洗得深刻。仍然是津津有味地抚摸着一个一个细节，怎样在热水里泡，怎样下到最热的水里，然后上来躺在板凳上，大家相互搓澡，连脚趾缝儿都搓，等等。莫言感叹，自己家里有了淋浴以后，总洗不了那么深刻。莫言希望自己能够赚很多版税，"那时，我的大澡堂子就可以兴建了。到时候欢迎各位到我家来洗澡，咱们一边洗澡一边谈论文学问题，那该是多么幸福的生活啊！"《我与酒》写自己喝酒的历程。在家乡的时候，馋酒，偷着喝家里的酒，80年代中期成了作家以后开始了狂喝时代，直到把自己喝进了医院里去，伤害了身体，才不敢轻易多喝了。偷酒写得趣味盎然，令人发笑。《我的墓》也写他自己偷酒喝，更是令人喷饭。

另一种是愤世嫉俗的，夹杂着锋利的讽刺。莫言本色、朴实，却并不温顺，也不柔和。他的内心似乎有无法磨去的棱角，无法祛除的倔强，无法遏制的不平之气，但是，一贯低调面向世界的姿态，作为老百姓写作的姿态，使他不想让自己扮演正义、真理的代言人。他感到的是世界无可改变的荒谬和错乱，正义、真理都带有可疑的迹象，于是便嬉笑怒骂，以一种反语的方式嘲讽这些丑恶的东西。他小说中的那种狂野气质转化成散文的尖锐、刻薄，此时的幽默，就变成了讽刺性的幽默。这里显示了莫言的鳄鱼型风度，桀骜不驯、狂放不羁。在很多情况下他总是在叙述或描写的过程中突然冒出一根"刺"来。但是，也直接写讽刺的文章。《毛主席老那天》是讽刺虚伪人格的。开篇就说："之所以选这样一件大事来写，是因为近年来看了不少跟伟大人物套近乎的文章。拉大旗，作虎皮，不但有效，而且有趣，至于是否恬不知耻，何必去管。"一个一辈子以整人为业的革命作家，他本来是被刘邓大军俘虏才当上解放军的，却写了《敬爱的邓政委救了我》。一个在中央警卫局工作的志愿兵，总是喜欢直呼党和国家领导人的名字，比如："泽民同志""李鹏同志""瑞环同志""乔石同志"，等等。一个叫刘甲台的战士，批判邓小平的时候竟然大哭起来，为什么呢？说是被邓小平气的，他的阶级感情受到了班长的表扬。忆苦专家方家二大娘，从台下往台上走时就用祆袖子捂着嘴号啕大哭，就像演员在后台就开始高腔叫板一样。《虚伪的文学》是一篇奇文。这好像是新近写的，被余华贴到了博客上。初看起来，好像是阐述自己的文学观点，即强调莫言一贯的文学没有真实性，只有想象性和虚构性真实，但是，仔细一想，又觉得是醉翁之意不在酒，莫言是借文学讥讽现实的卑劣人格。嬉笑怒骂，痛快淋漓，尖锐犀利：

　　小说是虚构的作品，开宗明义就告诉读者：这是编的。

　　散文、随笔是虚伪的作品，开宗明义就告诉读者：这是我的亲身经历！这是真实的历史！这是真实的感情！其实也是编的。

　　一个爱好嫖娼的男人，偏偏喜欢写一些赞美妻子的文章。

　　一个在海外混得很惨的人，可以大写自己在美国的辉煌经历，可以写自家的游泳池和后花园，可以写自己被克林顿夫妇请到白宫里去喝葡萄酒，希拉里还送给他一件花边内衣。

　　一个自己的爹明明只是一个做团副的人，在散文、随笔里，可以把自己的爹不断地提升。一直提拔到兵团司令的高位吧，反正不会有人去查你爹的档案。

　　一个在成为作家之前明明只是个医院勤杂工的人，在成为作家之后，在散文、随笔里，就先把自己提拔成护士长，然后提拔成主治医生，最近已经把自己提拔成给叶利钦总统做过心脏搭桥手术的主刀大夫了。下一篇散文就可以写写给毛泽东主席做针拨白内障手术的事了。你这样写无非是想让读者知道，你当作家是在客串，是很不情愿的，是一不小心当上的，你的最大的才能其实是在医学方面。
受你的启发我准备写一篇回忆文章，回忆我少年时
参加全地球锄地比赛的情景。①

　　莫言有两篇随笔是阅读鲁迅的体会：《〈铸剑〉读后感》
和《读鲁迅杂感》。莫言敬仰鲁迅的文学风格。他甚至将
《铸剑》看作鲁迅最具魅力的小说。他认为，《铸剑》的主人
公——"黑衣人就是鲁迅的化身。鲁迅的风格与黑衣人是
那么的相像。到了晚年，他手中的笔，确如那柄青色的雄
剑，看似有形却无形，看似浑圆却锋利，杀人不见血，砍头
不留痕。黑衣人复仇的行动过程，体现了鲁迅与敌人战斗的
方法。"②"尤其是那篇《铸剑》，其瑰奇的风格和丰沛的想象，
令我浮想联翩，终身受益。"③ 我们发现，莫言的文学生涯一
直伴随着对鲁迅作品的阅读。他七八岁的时候第一次读鲁
迅，"文革"时期第二次读鲁迅，成为作家之后因为《欢乐》
受到批判而第三次读鲁迅。在童年读鲁迅的时候，《狂人日
记》"仁义道德""吃人"的呐喊，使他感到恐惧，使他想起
家乡哑巴"挂狗头卖人肉"的传说。他笔下的傻子却也颇有

　　① 莫言：《虚伪的文学》，《阅读与作文》，2008年11期。
　　② 莫言：《〈铸剑〉读后感》，春风文艺出版社，2003年，第109—110
页。
　　③ 莫言：《读鲁迅杂感》，《会唱歌的墙》，作家出版社，2005年，第
125页。

狂人的意味：

> 譬如"文革"初期，人们见面打招呼时不是像过去那样问答，"吃了吗？"——"吃了。"而是将一些口号断成两截，问者喊上半截，答者喊下半截。譬如问者喊："毛主席——"答者就要喊："万岁！"一个女红卫兵遇到我们村的傻子，大声喊叫："毛主席——"傻子恼怒地回答："操你妈！"①

鲁迅连同他那属于他的战斗时代业已过去，但是，这种对鲁迅的认同，却也显示出莫言文学趣味的一个侧面，即鳄鱼型作家的叛逆性格。

---

① 莫言：《读鲁迅杂感》，《会唱歌的墙》，作家出版社，2005年，第124页。